Marc Henry SIMÉON

Église et Médias

Au-delà du paradoxe

Préface de

Mgr Désinord Jean

Éditions Milot

Ouvrage publié par Éditions Milot

Marque déposée par ORIXAR STUDIOS SAS

17 Rue du Pressoir 95400

Villiers-le-Bel

Numéro d'éditeur : 9782493420008

Dépôt légal : Septembre 2021

Imprimé en Allemagne

©Tous droits réservés

Marc Henry Siméon

ABRÉVIATIONS

AG : *Ad Gentes*

AN : *Aetatis Novae*

c. : Canon

CD : *Christus Dominus*

CEH : Conférence des Évêques d'Haïti

CIC/17 : Code de droit canonique de 1917

CIC/83 : Code de droit canonique de 1983

CONATEL : Conseil National des Télécommunications

CP : *Communio et Progressio*

CPC : Conseil Pontifical pour la Culture

CPCS : Conseil Pontifical pour les Communications Sociales

DV : *Dei Verbum*

EG : *Evangelii Gaudium*

EK : Emplacement du Kindle

EN : *Evangelii Nuntiandi*

FASCH : Faculté des Sciences Humaines de l'Université d'État d'Haïti

GS : Gaudium et Spes

HPN : Haiti Press Network

IM : Inter Mirifica

JMJ : Journées mondiales des jeunes

KT : Catéchisme pour enfant (en France)

LG : Lumen Gentium

LS : Laudato Si

UR : Unitatis Redintegratio

Propos liminaires

En abordant la question de la communication médiatique à partir du topos de l'agir communicationnel de l'Église, le P. Marc Henry Siméon pose ses pieds sur un terrain où l'on maitrise difficilement ses pas. Mais s'il a souhaité inscrire son texte dans le genre de l'essai, il a produit une œuvre qui n'est point un coup d'essai. Mgr Désinor Jean a salué dans sa préface la pertinence de cet ouvrage comme document référentiel dans le champ des études menées sur le sujet. La nécessité de cette nouvelle édition rend compte de la justesse de ses propos, car l'intérêt du public pour cette publication, celui des chercheurs et des praticiens de la communication en particulier, était une chose acquise d'avance.

Cette nouvelle édition présente des différences presqu'imperceptibles avec la première. Il s'agit de prime abord, de rendre cet important outil disponible pour ceux et celles qui souhaitaient ardemment, non pas seulement en tourner les pages, mais les retourner, en saisissant toutes les nuances de la pensée d'un Éthicien doublé d'un didacticien qui sait arpenter le chemin complexe des théories de la communication sans occulter sa dimension empirique. Dimension qui d'ailleurs, laisse le champ libre à la discussion et donc aux questionnements : un medium est-il vraiment un lieu de fabrique de l'opinion ? Si oui devient-il le nouveau lieu où se forme la décision des sujets qui forment une société politique ? Sinon où situer son niveau d'influence ? Parce que les médias soumettent les contenus dont ils s'emparent à une procédure, faut-il s'en méfier ? L'Église, comme instance de communication, doit-elle toujours avoir un regard négatif sur les médias ? Comment penser, dans le contexte d'un monde « hypermédiatisé », une éthique de la communication en même temps qu'une nouvelle médiatisation du religieux ?

Avec des présupposés théoriques extrêmement précis, le Père Marc Henry Siméon aborde dans Église et Médias la question complexe de la communication à partir de la problématique des enjeux de la médiatisation des contenus religieux. Il le fait de son lieu propre en tant que prêtre catholique, mais avec une grande rigueur intellectuelle. L'essayiste que veut être le Père Marc Henry, cherche à donner aux questions soulevées par la médiatisation du message religieux, une explication fondée sur des analyses théoriques rigoureusement menées, et qui tiennent compte plus spécifiquement de la relation entre l'Église et les médias dans le contexte d'Haïti. L'on découvre à la lecture de l'ouvrage, l'apport nouveau de l'auteur à travers les fondements théologico-philosophiques qu'il donne à son éthique de la communication.

Les rapports entre l'Église et les Médias ne constituent pas une question nouvelle, mais l'intérêt qu'ils soulèvent chez notre essayiste vaut amplement la peine dans un contexte où l'influence des médias sur la formation de l'opinion publique bien que subtile demeure significative. Le cheminement de la pensée de l'auteur passe, en outre, par une réfutation catégorique de la thèse de la toute-puissance des médias bien souvent considérés comme un « quatrième pouvoir ». Dans la pensée de McLuhan, comme dans celle de Habermas ou de René Girard, l'auteur trouve de quoi forger ses instruments théoriques pour une sérieuse analyse des mécanismes de la procédure médiatique. De l'enseignement du Pape Clément XIII à celui du concile Vatican II, il passe en revue l'histoire des rapports entre les deux instances de communication que sont l'Église et les médias, et propose une nouvelle prise en compte des moyens de communication sociale en vue d'un dialogue fécond de l'Église avec le monde et d'une fructueuse œuvre d'évangélisation.

L'éditeur

PRÉFACE

Il est indéniablement admis dans les communautés scientifiques les plus exigeantes et les plus pointues qu'au-delà des multiples cultures liées logiquement à des réalités ethnographiques variées prévaut une Culture dictatoriale, tyrannique, baptisée culture médiatique imposant ses lois parfois avec une subtilité infinitésimale. L'expression « le medium est le message » du célébrissime M. McLuhan prophétisait avec une nette justesse la société d'aujourd'hui. L'auteur de *Pour comprendre les médias* auquel le Père Marc Henry Siméon fait référence dans son œuvre avait subodoré l'impact démesuré que les moyens de communication allaient exercer sur les sociétés jusqu'à soumettre la vie sociale, voire la vie privée à une médiatisation outrancière. Les produits de consommation, les idéologies, les croyances, les personnalités passent tous par le miroir médiatique qui est calibré de manière à renvoyer, souvent au prix fort, une image « photoshopée » qui ne garde de l'originel et de l'original qu'une ombre grossière et imprécise.

C'est dans cet univers aussi peuplé d'éléments et de discours gauchis, après avoir subi les opérations esthétiques ou disgracieuses au gré des intérêts, que l'Église est appelée à annoncer une Parole, pourtant immuable. Le défi est monumental. Avec un intérêt ecclésial avéré et une habileté rassurante, le Père Siméon pose ses pieds en éclaireur sur ce terrain mouvant pour appréhender les enjeux de la médiatisation du message de l'Église Catholique en Haïti à travers son livre *Église et Médias : Au-delà du paradoxe*. Sans filtre ni complaisance, à travers ce travail, il arpente les sentiers sinueux de la relation entre les médias et l'Église catholique ; que cette sinuosité soit due à une non-reconnaissance réciproque ou à une surestime de soi du côté des médias et d'une méfiance du côté de l'Église. C'est un véritable état des lieux assorti de perspectives prometteuses susceptibles, sinon de réconcilier les deux pôles, du moins de les rapprocher dans une démarche d'ouverture au bout de laquelle les deux entités s'en sortiront grandies et enrichies. Mais encore faut-il qu'il n'y ait pas de place pour une présomption qui donnerait libre cours à cette perception que l'Église chercherait à manipuler les médias à son profit. De même, l'Église doit se résoudre à l'idée que les médias sont tenus à œuvrer dans un cadre professionnaliste impliquant l'objectivité, et que surtout les médias sont viscéralement allergiques à la culture du secret.

L'Église n'a pas à forcer la main aux médias, et qu'on ne lui prête pas non plus cette prétention. Néanmoins, elle peut espérer une communication plus soignée d'elle-même et de son message. Entendez par là un traitement professionnel de n'importe quel sujet la concernant. Il s'agit de parler de l'Église en connaissance de cause ; non pas dans une logique apologétique ou de polissage, mais en faisant preuve de maîtrise des codes du langage ecclésial. Et là, la métacommunication évoquée par l'auteur prend tout son sens ; car, le professionnalisme requiert un contrôle certain ou une appropriation suffisante des éléments ou codes qui entrent dans la constitution de la communication qu'on entend médiatiser. Faute de quoi, même avec l'intention la plus noble du monde, le message sera, au départ, torpillé et livré, à la réception, caricaturé ou rapetissé selon l'imagination du journaliste. C'est dans ce judicieux objectif que le Père Siméon préconise que « les médias ont à se faire mieux connaitre et se faire comprendre de l'Église et l'Église des médias ». Ceux-ci augmenteraient leur crédit en termes de professionnalisme et celle-là aurait la garantie d'une communication finale moins amochée après la double médiation du journaliste et du *medium.*

Dans ce monde hypermédiatisé, lors même qu'elle l'aurait souhaité, l'Église ne peut pas se soustraire à cette réalité qui ne s'embarrasse pas de scrupules, n'attendant aucune invitation de notre part pour nous envahir. Elle doit y faire face. En outre, dans son essence, l'Église est communication, relation avec l'Autre et avec les autres. Elle n'est pas uniquement communication avec ses ouailles, mais aussi avec le corps social tout entier avec lequel, par fidélité même à sa mission, elle doit entrer en dialogue. « Elle ne peut donc s'isoler sans isoler ce qui lui est propre c'est-à-dire sa nature communicationnelle et missionnaire ».

L'Église est une interlocutrice valide qui a sa place dans le débat social, sa présence dans les médias ne peut pas la confiner exclusivement dans la sphère du discours religieux. Au nom de la Doctrine Sociale qui sous-tend sa philosophie et sa praxis sociales, elle est habilitée à provoquer, animer et rejoindre tous les débats (sociaux, économiques, politiques et culturelles) qui visent à harmoniser la vie sociale en se harponnant à une vision théologique et anthropologique qui fait de l'Homme le centre d'intérêt. Évidemment, il peut s'avérer dangereux pour l'Église si elle s'aventure dans un espace communicationnel sans expertise aucune. D'où la nécessité pour elle de se doter de cadres capables de contribuer et de faire progresser le débat dans le sens du Bien Commun. Ce faisant, l'Église renforce en même temps sa pastorale en élargissant son horizon vers un espace plus étendu par rapport auquel elle est restée trop longtemps trop prudente. D'autant que cet espace offre des opportunités immenses en raison même du caractère hétérogène de ses occupants et des contradictions qui le traversent. La prudence. Oui ! Mais sans verser dans l'excès. La peur. Tant s'en faut ! Le moment est venu pour l'Église d'investir l'espace médiatique autrement pour, à la fois, l'efficacité de son activité pastorale et l'apport de sa précieuse contribution au débat public auquel doit aussi contribuer l'arsenal communicationnel propre de l'Église.

Si le discours religieux occupe très peu de place dans la sphère médiatique commerciale, la présence des médias confessionnels en général semble chercher à rétablir l'équilibre même si nous devons admettre que cela se fait parfois dans la plus grande confusion sans laisser un interstice pour la rationalité. Quand un *medium*, parce que confessionnel, choisit de verser dans l'irrationnel, la vraie motivation est à chercher dans une volonté assumée de manipuler. Ce qui s'apparente à la « piqûre hypodermique » dont parle le philosophe russe Serge Tchakhotine dans l'ouvrage emblématique *Le Viol des foules par la propagande politique*, publié en 1939. Une métaphore pour expliquer que les moyens de communication de masse inoculent leurs messages dans le corps social comme le ferait une seringue dans le corps humain dans le but d'influencer directement les comportements. Si les médias catholiques devaient suivre un tel courant, ils enfermeraient l'Église dans une logique communicationnelle de matraquage contreproductif qui provoquerait des incidences fâcheuses sur la communication et la mission de l'Église.

Par rapport aux médias de masse, l'Église d'Haïti, comme le Père Marc Henry Siméon l'a souligné, n'a jamais été en reste. Elle a fait écho aux recommandations du Magistère, tels que *Inter Mirifica* et d'autres documents postérieurs en mettant en place des entités médiatiques pour « exercer sa mission prophétique ». Ces médias, notamment la radio et la télévision, jusque-là, ont abattu un travail énorme dans des conditions extrêmement difficiles. Mais, toujours est-il qu'ils doivent progresser sur le chemin du professionnalisme afin d'offrir à l'Église une agora pour exposer, dans le respect du langage médiatique moderne, son message pastoral inspiré et porté par sa mission prophétique. Ce professionnalisme garantit que le message ecclésial, traité par des professionnels des médias et formés à la foi à partir de la matrice ecclésiale, peut faire économie d'un niveau de médiatisation, assurant ainsi que le message ne subit aucune modification majeure au stade de sa construction.

Dans ce monde excessivement médiatique, le message pastoral de l'Église est appelé à subir nécessairement plusieurs niveaux de médiatisation avec le risque d'être déformé. Cependant, de la source à la réception, en passant par le processus de médiatisation, s'il est porté et supporté par le témoignage, il parviendra à destination plus renforcé et plus limpide. Le témoignage des fidèles aussi bien que des pasteurs a le pouvoir d'accréditer le message auprès de ses destinataires et le garder vivant dans l'agir pastoral.

Dans cette perspective, l'auteur apporte une contribution considérable à travers son plaidoyer « pour un service de communication au service du dialogue avec le monde et de l'évangélisation ». Il est évident qu'un service de communication bien structuré et professionnellement géré ne peut que favoriser une meilleure communication *ad intra*. Dans le cas contraire, on risque d'envoyer de très mauvais signaux à l'extérieur, ce qui constitue déjà une interférence dans le processus de communication, majorant ainsi le risque de voir le message parvenir, aux destinataires, réduit à sa plus simple expression.

Cet ouvrage est aussi un apport très utile à la réflexion sur la communication dans les milieux universitaires. Il entre forcément dans le registre des documents référentiels en la matière. Sa contribution est d'autant plus pertinente que dans ce champ d'études la littérature est peu prolifique.

Aujourd'hui plus qu'hier, l'Église doit composer avec l'univers médiatique devenu de plus en plus complexe. Elle doit continuer d'avancer sur le boulevard que constituent les nouveaux médias avec sagacité. Ce sont les « aréopages » de notre temps, les espaces de rencontre avec le monde avec lequel elle doit entrer en dialogue pour annoncer son message et témoigner de sa foi. À la suite du Christ, le parfait communicateur, elle doit trouver le langage approprié, celui qui soit capable d'interpeller l'interlocuteur et de le renvoyer à un Ailleurs, de l'engager à la quête de Sens et du Transcendant.

+ Désinord Jean
Évêque de Hinche

INTRODUCTION

Cet essai met à contribution des recherches menées à l'Institut politique Léon Harmel à Paris en éthique sociale et politique, dans la perspective de la Doctrine Sociale de l'Église et en sciences du langage à la Sorbonne. Il part du constat que les rapports entre Église et médias ne constituent pas un sujet de prédilection dans le champ disciplinaire de l'éthique sociale. Les *media studies* doivent mieux s'ouvrir à la prise en compte éthique des questions médiatiques et à celle des rapports des médias avec d'autres instances de communication. L'Église en est une de privilégiée. Parmi les autres sciences sociales et humaines, « la sociologie des médias a consacré très peu de travaux à cette question, atteste P. Bréchon, préférant d'autres objets : violence, sexe ou communication politique. Les sociologues des religions ne se sont pas montrés plus prolixes sur ce sujet. »[1] Ce manque d'intérêt nous a paru surprenant à un moment où les sujets concernant l'Église sont récurrents à travers les médias et où l'Église elle-même reconnaît la société contemporaine

---

[1] P. Bréchon, « Médias et religions : une question trop occultée, des problématiques en débat », in P. Bréchon et J.-P. Willaime (Dir.), *Médias et religions en miroir*, p. 3.

comme une « société d'information », animée par une « culture des médias ».[2] Dans chaque société particulière et dans chaque culture, on peut alors reconnaitre l'urgence d'une réflexion éthique sur la communication. Voilà qui motive cet ouvrage qui part d'un point de vue qui se veut plutôt émique pour reprendre un terme cher au linguiste K. Pike.[3]

La problématique des rapports Église/médias que nous abordons dans le cadre de cette réflexion éthique est liée au premier abord aux pratiques propres à chacune de ces deux instances de communication et à la manière dont ces pratiques permettent de se les représenter au regard des universaux et des axiomes de la communication.[4] L'analyse de ces pratiques, à partir de la nature propre des deux instances et à partir de l'histoire, permet de souligner quelques antinomies entre Église et médias. Nous leur consacrons tout le troisième chapitre de cet ouvrage. C'est en effet pour pouvoir les transcender que nous avions voulu proposer aux acteurs de l'Église et des médias une éthique comme lieu pragmatique de redéfinition de ce que doit être la communication pour l'une comme pour l'autre des deux instances. L'exigence de cette éthique découle de « l'avènement de la société de l'information [qui] est une véritable révolution culturelle ».[5] Les mutations culturelles que cela entraine supposent que l'Église accorde aujourd'hui aux médias une place adéquate et un vrai rôle au service de la relation et surtout de la communion comme fin de la communication. Par ailleurs, plus fondamentalement, ce qui rend la communication indispensable pour l'Église, c'est essentiellement sa nature telle que le concile de Vatican II l'a

---

2 AN 2.
3 Le point de vue émique de la recherche s'oppose au point de vue étique. Il s'agit de deux néologismes qui apparaissent en 1954 chez Kenneth Pike. Ils renvoient à deux perspectives de recherche sur le terrain : l'une (émique) part de l'intérieur du groupe social en question et l'autre (étique) part de l'extérieur ou du point de vue d'un observateur.
4 Ce qu'on entend par « universaux » de la communication ce sont ses principales composantes dans un schéma classique comme celui de Jakobson par exemple : l'émetteur et le récepteur ou co-émetteur, le message et les canaux, le cadre de référence, le contexte, l'encodage et le décodage, les bruits et les effets. Quant aux axiomes, ils caractérisent en quelque sorte tout acte de communication en ce qu'il est : prévisible, mais irréversible, inévitable, relationnel et transactionnel. Généralement, on ajoute un sixième axiome qui est « l'intentionnel ».
5 CPC, *Vers une approche pastorale de la culture*, n° 9.

définie[6] : l'Église est communion par sa source dans le mystère de la Trinité ; elle est communion en tant que lieu où Dieu s'adresse aux hommes et communion parce qu'elle rassemble dans le Christ ceux qui sont baptisés en son nom. La nature, la vocation et la mission de l'Église sont, entre autres, trois motifs pour lesquels la communication n'est point une option, mais une nécessité.

Parmi les thèmes fondamentaux de l'enseignement conciliaire, la communion et la mission sont affirmées comme liées à la nature même de l'Église. Son caractère essentiellement missionnaire suppose des moyens aptes à en favoriser la mise en œuvre. Certains de ces moyens sont d'ordre spirituel et d'autres d'ordre temporel, voire matériel et même technique. Ceux-ci se voient assigner une fin spirituelle une fois qu'ils sont mis au service de la mission. Parmi ces moyens d'ordre matériel se trouvent les médias. Ces moyens sont importants pour l'Église parce qu'ils sont essentiellement des moyens de communication, et la communication participe de la définition même de l'Église communion. Ils sont aussi importants parce qu'en raison de sa dimension incarnée, l'Église n'a pas d'autres choix que d'être en perpétuel dialogue avec le monde et les cultures. À sa deuxième session, le concile en a pris acte en publiant le décret *Inter mirifica*[7] sur « les moyens de communication sociale » qu'elle énumère « parmi les merveilleuses découvertes techniques qu'avec l'aide de Dieu, le génie de l'homme a tirées de la création ».[8] L'Église les accueille et les « suit avec une sollicitude toute maternelle »[9] parce que, « plus directement, [elles] touchent les facultés spirituelles de l'homme et offrent des possibilités élargies de communiquer très facilement des nouvelles de tout genre, des idées, des orientations. »[10]

P. Pisarra fait remarquer avec raison que « durant ses vingt siècles d'histoire, l'Église a développé un savoir et une sagesse

---

6 Cf. LG 4 ; 8 ; 13-15 ; 18 ; 21 ; 24-25 ; DV 10 ; GS 32 ; UR 2-4 ; 14-15 ; 17-19 ; 22.
7 Décret conciliaire promulgué le 4 décembre 1963.
8 IM 1.
9 *Ibid.*
10 *Ibid.*

sur les médias ».[11] L'Église a donc toujours eu un discours sur les médias, mais il ne s'agit pas d'un discours monotone. Ses rapports avec les médias tout au long de l'histoire traduisent en actes la quintessence de ce discours et le regard que l'Église a porté sur les moyens de communication sociale. *IM* leur assigne une place dans l'enseignement conciliaire parce que « de par leur nature, [ils] sont aptes à atteindre et à influencer non seulement les individus, mais encore les masses comme telles, et jusqu'à l'humanité tout entière ».[12] Ce décret marque un tournant qui est à la fois l'aboutissement d'une évolution du discours de l'Église sur les médias, et une nécessité imposée par la réalité du monde contemporain avec l'essor des nouvelles technologies de l'information et de la communication. La réception de ce décret dans l'Église catholique en Haïti, a produit parmi d'heureuses incidences la création de *Radio Soleil*, station de radiodiffusion interdiocésaine qui a joué un rôle historique de grande importance dans le combat pour la liberté d'expression et le respect des droits humains en Haïti sous la sanglante dictature des Duvalier. Toutefois, la communication médiatique ecclésiale passe aussi par le moyen des médias non confessionnels. Les enjeux de cette médiatisation de la communication ecclésiale suggèrent une réflexion critique qui ne saurait manquer d'aiguiser notre intérêt d'éthicien. Comme l'ont compris les Pères conciliaires à travers le décret *IM*, les moyens de communication sociale, « quand ils sont utilisés correctement, rendent de grands services au genre humain : ils contribuent, en effet, d'une manière efficace au délassement et à la culture de l'esprit, ainsi qu'à l'extension et à l'affermissement du règne de Dieu. »[13] Cependant, l'Église, en encourageant leur utilisation, « sait aussi que les hommes peuvent les utiliser à l'encontre des desseins du Créateur et les tourner à leur propre perte. Son cœur maternel est angoissé à la vue des dommages que bien souvent leur mauvais usage a déjà causés à l'humanité. »[14]

---

11 P. Pisarra, *L'Évangile et le web : quel discours chrétien dans les médias ?*, p. 9.
12 IM 1.
13 IM 2.
14 *Ibid.*

Notre démarche se veut une approche fondée sur la tradition ecclésiale de pensée, mais en même temps ouverte. Elle convoque donc, au besoin, d'autres disciplines pour mettre en lumière les tensions créées par la double contrainte[15] à laquelle est soumise l'institution ecclésiale. Double contrainte qui consiste à communiquer, mais à veiller également tant au contenu de son message qu'à la manière dont ce message est transmis. À cette double contrainte, s'ajoutent la multiplicité des canaux de communication et la valeur communicationnelle de tout comportement, conscient ou non. Gardant à l'esprit l'idée que l'éthique part de considérations sur l'agir humain pour aboutir à de nouvelles considérations qui éclairent et orientent ce même agir, nous exposerons dans la première partie de cet ouvrage ce qui fonde de la part de l'Église son agir communicationnel dans un monde médiatisé : d'une part, ce qui fait la spécificité de l'Église comme instance médiatrice et des moyens de communication comme lieu de médiatisation et, d'autre part, la dimension historique et actuelle des rapports entre Église et médias. Dans la deuxième partie, un premier chapitre rendra compte de quelques antinomies entre pratiques ecclésiales et pratiques médiatiques et un dernier chapitre proposera les pistes pour un ordonnancement approprié des moyens de communication au ministère pastoral de l'Église.

---

15 Si nous empruntons la notion de *double bind* (double contrainte) à la tradition théorique de l'École de Palo Alto, plus particulièrement à Gregory Bateson, nous ne l'entendons pas cependant comme double contrainte irréductible susceptible des souffrances mentales jusqu'à la schizophrénie au cas où la personne qui est soumise à une domination est incapable de résoudre le conflit. Pour nous, la double contrainte s'entend comme deux injonctions plus difficile à concilier qu'irréductibles. En l'utilisation dans cet ouvrage à propos de l'Église, nous voulons rappeler deux choses : la première est que l'Église ne s'impose pas elle-même l'impératif de la communication, mais qu'elle est imposée à elle en raison du mandat qu'elle reçoit du Seigneur d'aller « dans le monde entier, proclamez l'Évangile à toute la création » (Mc 16,15) ; la seconde est qu'il n'est pas évident, en tout cas au regard de l'expérience, de communiquer (d'informer et d'annoncer) et de veiller assez attentivement au contenu et à la manière de le faire.

PREMIÈRE PARTIE
L'ÉGLISE : UNE INSTANCE MÉDIATRICE DANS UN MONDE MÉDIATISÉ

Ni peur ni égarement

Si l'Église se prive aujourd'hui des moyens de communication sociale, elle s'isole. Nous pouvons dès lors conclure soit à un isolement phobique, né de la peur du contact des autres réalités du monde, ou à un isolement par égarement dans une vision désincarnée d'elle-même, un escapisme. Ni l'une ni l'autre de ces inférences ne correspondent à la nature de l'Église.

Dans le premier cas, elle serait dans la fuite d'un monde où elle est envoyée pour être témoin et pour servir. Son apostolat se réalise ainsi dans la diaconie. Or ce que l'antiquité grecque appelait *phobos*, c'est la panique ou la peur qui fait fuir (*phébomai*).[16] Dans le Nouveau Testament, quarante-quatre fois revient le mot *phobos* pour désigner la frayeur ou la crainte.[17] C'est dire que l'Église ne peut opter pour l'isolement phobique vis-à-vis des réalités du monde. La tendance à nier « le monde et ses valeurs » est « contre nature ».[18] « [...] La Bible montre l'homme saisi de peur, d'effroi, devant Dieu, dans le sens français habituel du mot crainte. Mais le plus souvent, l'auteur biblique exprime par ce mot le respect religieux qui saisit l'homme devant la grandeur de Dieu, car elle dépasse tout ce qu'il peut imaginer. »[19] Lorsque Dieu rassure, « cette crainte devient volonté de ne pas déplaire au Dieu de l'alliance, de lui être fidèle. [...] Cette crainte est alors un

---

[16] Dans la mythologie grecque, la *phobos* était suscitée par la terreur divine telle Apollon secouant l'égide terrible (*deinèn*) pour faire fuir les hommes (cf. Homère, *Iliade*, XV, v. 309-310 ; XV, v. 327).

[17] Dans son récit de la passion, Jean emploie ce mot à propos des gardes lorsqu'ils arrivèrent à l'autre côté du Cédron pour prendre Jésus et l'amener aux autorités juives (cf. Jn 18, 6). À la déclinaison de son identité « *egô eimi* », les gardes reculèrent et tombèrent devant Jésus. Bernadette Escaffre écrit à ce sujet : « Dans le jardin de l'arrestation, Jésus dit deux fois " egô eimi " à ceux qui viennent le prendre (18,5 et 8 ; de plus, le narrateur le reprend au v. 6). Or, l'affirmation de Jésus n'est pas un simple " c'est moi ", elle a le sens fort de " Je suis " qui renvoie à la révélation de Dieu à Moïse. C'est pourquoi, quand Jésus dit " egô eimi ", soldats et gardes reculent et tombent à terre (18,6), comme s'il s'agissait d'une théophanie. Le " Je suis " est utilisé uniquement par Jésus dans l'évangile de Jean. De fait, quand Jean Baptiste doit dire qui il est, il dit d'abord qui il n'est pas, puis, devant l'insistance du questionnement sur son identité, il emploie le " egô/Je " sans le verbe " eimi/être " (1,23) marquant bien ainsi la différence entre son identité et celle de Jésus. Un seul autre personnage se permettra d'utiliser " egô eimi " : l'aveugle-né (Jn 9,9). » (« Évangile de J.-C. selon St Jean. 1- Le Livre des signes (Jn 1-12) », coll. « Cahier Évangile », n° 145, SBEV / Éd. du Cerf, septembre 2008, p. 16).

[18] Paul VI, *Lumen Ecclesiae*, n° 8.

[19] M. Dubos (dir.), *Theo : L'Encyclopédie catholique pour tous,* p. 254.

don de Dieu ».²⁰ La crainte du Seigneur (*yir'at Yahweh*) tel qu'on la retrouve dans le livre du prophète Esaïe (11, 2) est traduite en deux mots dans la Septante (*eusebeia* et *phobou*) et dans la Vulgate (*pietatis* et *timoris*). Il n'y a pas de fuite dans la crainte, mais dans la peur. Celle-ci n'est donc pas une attitude chrétienne.

Dans le second cas, on considérerait tout simplement que l'Église s'éloigne de la vérité première qui constitue l'objet ultime de sa foi, et qu'en même temps elle s'éloigne de ceux qu'elle est censée conduire à la vérité. L'Esprit, *Paraclètos,* est envoyé auprès des disciples pour les guider dans la vérité tout entière (Jn 16, 13). Donc l'Église ne peut sombrer dans l'égarement que si elle cesse d'obéir à l'Esprit qui la conduit.

« Loin de suggérer que l'Église devrait rester à l'écart ou tenter de s'isoler du courant des évènements, les Pères du Concile [de Vatican II] ont vu l'Église située au centre même du progrès humain, partageant les expériences de l'humanité, en cherchant à les comprendre et à les interpréter à la lumière de la foi. »²¹ Dans cette perspective, la première partie de notre ouvrage entend montrer comment l'Église, disciple et missionnaire du Christ Sauveur du monde, assure sa fonction médiatrice ainsi que les enjeux que cela soulève dans le contexte d'un monde médiatisé. Cette démarche nous oblige d'abord à rendre explicite la proposition constative de la double médiation du message de salut que l'Église reçoit la mission de communiquer au monde ; à discuter ensuite de la thèse de la « toute-puissance » ou du « quatrième pouvoir » attribué aux médias en proposant celle de leur réelle, mais relative influence au prisme de la théorie du « mécanisme mimétique » de René Girard ; à situer enfin dans l'histoire les relations entre l'Église et les médias dans un double contexte universel et local, c'est-à-dire proprement haïtien. Dans ce contexte local, seront pris en compte des enjeux liés à la confessionnalité ou non des médias ainsi que d'autres enjeux liés à l'exercice du pouvoir durant la période de l'émergence des nouvelles stations de radiodiffusion en Haïti.

---

20 *Ibid.* Cf. Ps 111 et 112.
21 AN 4 ; cf. GS 5.

CHAPITRE PREMIER
DEUX NIVEAUX DE MÉDIATION

Les médias sont un espace conforme à ce pour quoi l'Église existe. Celle-ci, envoyée par le Christ et mandatée pour annoncer l'Évangile, est l'expression visible et sociétale de la religion dans sa dimension objective. Elle demeure la traduction historique des relations entre l'homme et Dieu et de l'idéal de la relation entre les hommes. Les médias, eux, sont des lieux de relation en tant que moyens de communication. Ainsi, Église et médias se rejoignent tout en gardant chacun sa substantielle particularité : l'Église, signe et moyen de l'union intime avec Dieu et de l'unité du genre humain[22] et les médias, œuvre certes merveilleuse[23] mais humaine.

---

22 Cf. LG 1. Par ces expressions, le Concile a voulu explicité la notion d'« Église sacrement ». Celle-ci est sacrament par analogie, alors que le Christ est *Ursakrament,* pour reprendre un mot qui a fait date en théologie depuis les travaux des théologiens Otto Semmelroth et Karl Rahner. Le second ayant « préparé l'entrée de cette expression dans les textes du concile. » (R. Chéno, « Penser l'unité de la réalité complexe de l'Église (*Lumen Gentium* 8) », in *Revue théologique de Louvain*, p. 344).
23 Cf. Pie XII, Sertum Laetitiae, Encyclique publiée à l'occasion du cent cinquantenaire de l'épiscopat américain, 1ᵉʳ novembre 1939, n° 30. Cité dans : E. Henau, « Church and Media. Two Worlds? », In H. Geybels et al., Faith and Media: Analysis of Faith and Media : Representation and Communication, p. 45

À partir du moment où le message révélé que l'Église veut communiquer à l'homme passe par un *medium* autre que celui du langage, on peut alors parler d'un nouvel échelon de la médiation. Le message qui a pour origine Dieu lui-même passe, pour atteindre tous les hommes, par la médiation de l'Église qui, elle, recourt aux moyens techniques dits de communication pour le diffuser. Par ailleurs, lorsqu'il faut parler de la médiation du message révélé à travers l'emploi de ces moyens de communication – la radio, la télévision, la presse et aujourd'hui les lieux multimédias – les vieux démons se réveillent toujours. Se posent dès lors les questions de la fabrication de l'opinion et de la manipulation des comportements. Que tout cela soit relatif, doit-on pour autant ignorer l'influence parfois délétère des médias dans la société actuelle ? Autour de ces questions, nous ouvrirons la discussion dans un second moment de ce premier chapitre.

1. La médiation de l'Église

1.1. La fonction médiatrice de l'Église

« Il y a une ecclésiologie implicite dans la christologie, comme il y a une christologie implicite dans l'ecclésiologie. »[24] Le Magistère catholique articule et hiérarchise les deux énoncés de cette proposition théologique en rappelant que « l'article de foi sur l'Église dépend entièrement des articles concernant le Christ Jésus. »[25] L'affirmation de R. Moreau, dans son commentaire de *LG*, est à cet égard assez juste : « L'Église comme les sacrements n'existent que grâce au Christ : ils n'ont de valeur qu'à partir de lui, ils ne s'expliquent que par lui, ils ramènent toujours à lui. »[26] Mais la question qui nous semble ici essentielle est celle de savoir « pour quoi l'Église ? ».[27] Cette question déjà formulée par

---

[24] M. Deneken, « Ecclésiologie et dogmatique. L'Église sujet et objet de la théologie », in *Revue théologique de Louvain,* 380 année, fasc. 2, 2007, p. 205.
[25] CEC 748.
[26] R. Moreau, *Guide de lecture des textes du concile Vatican II. Lumen gentium,* p. 437.
[27] Lorsqu'un théologien ou un canoniste se pose cette question, son auditeur ou son lecteur est généralement convaincu qu'ils ne font que se donner un prétexte pour réaffirmer quelque chose qui est déjà posé. Or comme le fait M. Vidal dans *A quoi sert l'Église ?* (p. 119-143), il suffit de se poser la question et de la situer dans un contexte bien particulier pour se rendre compte que la réponse n'est pas aussi évidente qu'on le pense. Dans une ecclésiologie pensée d'en haut, on a toutes les réponses aux question sur l'Église, mais puisque celle-ci est un signe pour l'homme

d'autres avant nous dont M. Vidal, est celle de la finalité même de l'Église. Elle « nous est bien plus donnée que nous ne la faisons et, comme tout ce qui nous est donné, elle ne révèle sa finalité qu'à l'usage, c'est-à-dire dans ce que les constantes de son histoire, où les variantes sont nombreuses, font apparaitre de la manière dont Dieu la rassemble en vue de ce à quoi il l'ordonne. »[28]

La fin ultime de l'Église c'est d'être lieu et moyen de communion de l'homme racheté avec Dieu son Créateur dans le Christ son Sauveur. Elle assure entre l'homme et Dieu une véritable fonction médiatrice. Certes, comme Paul l'a écrit à Timothée : « il n'y a qu'un seul Dieu, il n'y a qu'un seul médiateur entre Dieu et les hommes : un homme, le Christ Jésus, qui s'est donné lui-même en rançon pour tous les hommes. » (1 Tm 2. 5) ; mais « sans l'intervention médiatrice de cette société ecclésiale, [le croyant] ne connaitrait pas celui qu'il reconnait maintenant comme son Seigneur. »[29] Dans *LG*, le concile de Vatican II évoque ensemble, sans les mettre au même plan, le mystère du Verbe incarné et celui de son Corps mystique.[30]

> Le mystère premier [...] est Jésus-Christ lui-même, car il est la plénitude du salut : il résume à lui tout seul toute la Révélation et tout le salut, l'ensemble du plan de Dieu. Mais ce dessein du Père – qui est le véritable mystère, selon Saint Paul, car il est *le mystère de la volonté de Dieu* – inclut l'Église [...]. Elle appartient au plan de salut de Dieu et elle en inséparable.[31]

Le mystère de l'Église dérive de la grâce du Christ. Entre elle et son Seigneur, il y a une inclusion telle que s'accomplisse historiquement et spirituellement dans le Christ et dans l'Église

---

qui vit ici et maintenant, on peut toujours se demander pourquoi elle existe ou à quoi elle sert. La question est plus nécessaire pour le théologien lui-même que pour le sujet Église. On peut voir à ce sujet : M. Deneken, « Ecclésiologie et dogmatique. L'Église sujet et objet de la théologie », in *Revue théologique de Louvain*, 380 année, fasc. 2, 2007, p. 204-221.
28 M. Vidal, *À quoi sert l'Église ?* p. 119-120.
29 Franz J. Leenhardt, *L'Église : questions aux protestants et aux catholiques*, p. 163. L'auteur a stimulé la théologie réformée par sa réflexion sur l'éthique chrétienne, les sacrements et l'œcuménisme.
30 LG 54.
31 R. Moreau, *Guide de lecture des textes du concile Vatican II. Lumen gentium*, p. 437.

le même mystère au cours de la durée jusqu'à l'achèvement final.[32] Elle convient bien la formule du saint Abbé de Corbie : *translatus est Christus ad Ecclesiam*.[33] Dans son commentaire de la constitution conciliaire LG, H. de Lubac précise : « c'est en parfaite continuité avec la pensée patristique que le mystère du Christ est soudé au mystère de l'Église. On le voit dans les premiers mots de *Lumen gentium* ».[34] L'auteur rappelle que l'Église est un « mystère dérivé ». Sa place étant « subordonnée à celle du Sauveur. »[35] Du Christ qui est son fondateur, son époux et sa tête, l'Église tient d'être médiatrice ; elle assure comme lui une double médiation : une médiation descendante c'est-à-dire de Dieu à l'homme et une médiation ascendante, de l'homme à Dieu. D'une part, elle communique à l'homme la vie de Dieu par les multiples moyens qu'elle reçoit du Christ et d'autre part, elle conduit l'homme renouvelé dans le Christ au Dieu Père et Créateur de tout.

Par l'Église qui poursuit dans le monde l'œuvre du Christ, Dieu communique à l'homme les mystères du salut ; Il se communique à l'homme et fait communier/communiquer les hommes entre eux. Donc l'Église est à la fois lieu de communion et de communication. Elle est une structuration sociale de nature communionnelle, une « communion en forme de société » selon une expression de Friedrich Pilgram redondante chez Y. Congar.[36]

On le comprend donc, au plan théologique la médiation est unique. Seul le Christ, le Fils de Dieu, est médiateur en raison de son sacerdoce unique mis en lumière par « l'épitre » aux Hébreux.

---

32 Cf. M. Pelchat, *L'ecclésiologie d'Henri de Lubac*, p. 61.
33 « Le Christ est passé à l'Église ». S. Paschase Radbert, in *Lamentationes,* 1, 11, PL (120, 119a).
34 H. de Lubac, *Paradoxe et mystère de l'Église*, p. 74. Cf. LG 1 : « la clarté du Christ resplendit sur le visage de l'Église. »
35 R. Moreau, *op. cit.,* p. 442.
36 Voir : F. Pilgram, *Physiologie de l'Église ou étude sur les lois constitutives de l'Église considérée dans son essence naturelle*, traduit par P. H. Reinhard, Paris/Bruxelles, Librairie catholique de Perisse Frères, 1864. Cf. Y. Congar : « Autonomie et pouvoir central dans l'Église », in *Irénikon*, 53 (1980), p. 301 ; « Pneumatologie dogmatique », in B. Lauret et F. Refoulé (éds.), *Initiation à la pratique de la théologie*, t. II : *Dogmatique I*, Paris, Cerf, 1982, p. 495-496 ; *La Parole et le Souffle*, Paris, Desclée, (coll. « Jésus et Jésus-Christ », 20), p. 95 ; *Entretiens d'automne*, présentés par B. Lauret, Paris, Éd. du Cerf, p. 58-59 ; « Romanité et catholicité. Histoire de la conjonction changeante de deux dimensions de L'Église », in *Rev. Sc. Ph. Th.,* 71 (1987), p. 161-190.

« En Jésus, la médiation entre Dieu et l'homme trouve […] sa plénitude. »[37] De sa double nature humano-divine découlent non pas une, mais des dimensions communicationnelles dont celle que la christologie appelle la communication des idiomes[38] ou encore celle que suppose la notion même du Verbe, Parole de Dieu qui se communique.

La médiation unique du Christ ne supprime toutefois pas celle de l'Église. Au contraire, elle la fonde, la suppose et la renforce, car c'est dans la médiation du Fils que celle de l'Église trouve son sens, son assise et sa légitimité : « comme le Père m'a envoyé, moi aussi je vous envoie », dit le Christ ressuscité à ses disciples (Jn 20,21). Cet envoi des disciples est en quelque sorte l'énoncé d'un mandat missionnaire confié à l'Église. La mission de salut est celle du Fils et nul ne peut se l'octroyer s'il ne reçoit l'ordre du Christ lui-même qui fait participer à son apostolat en tant qu'envoyé du Père. En tant que tel, le Verbe incarné est « rencontre » entre le fini et l'infini. L'Église est, « dans le Christ, en quelque sorte le sacrement, c'est-à-dire à la fois le signe et le moyen de l'union intime avec Dieu et de l'unité de tout le genre humain »[39]. Celui qui est parole de Dieu pour l'homme, qui réconcilie le Dieu saint et l'homme pécheur, fait resplendir sa clarté sur le visage de l'Église, sacrement de communion. À travers l'Église, « il faut que tous les hommes, désormais plus étroitement unis entre eux par les liens sociaux, techniques, culturels, réalisent également leur pleine unité dans le Christ. »[40] L'Église doit alors s'y atteler.

Enfin, pour l'Église-médiatrice, l'enjeu de la communication se déploie aussi entre différentes options : celle pour l'homme

---

[37] Benoit XVI, *Jésus Christ « médiateur et plénitude de toute la Révélation »*, Audience générale du 16 janvier 2013 [en ligne], Salle Paul VI, Rome, https://w2.vatican.va/content/benedict-xvi/fr/audiences/2013/documents/hf_ben-xvi_aud_20130116.pdf. Consulté le 2 mars 2018.
[38] La communication des idiomes est l'échange entre les deux natures divine et humaine à travers la personne de Jésus. Grâce à l'union hypostatique, les *idiomata* ou particularités de l'une des deux natures s'appliquent à l'autre. On attribue ainsi les propriétés de la nature humaine telle la souffrance et la mort à la nature divine de Jésus. Par ailleurs, les propriétés de la nature humaine de Jésus incompatibles avec sa nature divine comme le péché ne lui sont pas appliquées. Celle-ci, au contraire, sanctifie continuellement la nature humaine.
[39] LG 1.
[40] *Ibid.*

d'assumer sa vocation à la transcendance ; celle, au contraire, de vivre dans l'indifférence de ce que l'on ne comprend pas parce qu'il ne peut être compris que par l'expérience d'une vie qui ose s'ouvrir au tout Autre ; celle, enfin, de choisir la pure dénégation. Cet enjeu est certes social et par conséquent éthique, mais aussi spirituel et métaphysique.

1.2. L'Église et sa vocation prophétique

L'Église reçoit un mandat (*mandatum*) du Christ. Il ne s'agit pas d'un mandat sans substance. Ce *mandatum* a un contenu qui renvoie à des actes et à un discours. L'Église ne peut pas s'y dérober, car il y va de sa nature même, puisque l'impératif missionnaire est constitutif de son essence. Le mot latin *mandatum* traduit avant tout une tâche confiée à quelqu'un, mais on le trouve aussi employé dans la vulgate pour traduire un commandement, un ordre.[41] L'Église est donc envoyée en vue d'un agir et cet agir consiste à annoncer le salut et à en être signe dans le monde. Les disciples, « remplis de joie à la vue du Seigneur » après sa résurrection, reçurent de lui le mandat de remettre ou de retenir les péchés (Jn 20, 20-23). En Matthieu (28, 19-20), cette mission consiste à aller faire des disciples de toutes les nations, en les baptisant au nom du Père et du Fils et du Saint-Esprit, et en leur apprenant à observer ce que Jésus a lui-même prescrit.

Ainsi, l'Église a reçu l'ordre d'agir et d'annoncer. Mais, comme le Fils envoyé par le Père (cf. Jn 20, 21), elle doit agir en annonçant et annoncer en agissant. Jésus annonçait le règne de Dieu en actes et en paroles (cf. Mt 4, 23). La traduction française de la Bible de Jérusalem désigne par « miracles » ce que le Nouveau Testament appelle signe (*séméion*), œuvre (*ergon*) ou encore puissance et acte de puissance (*dunamis*). La puissance traduit la force créatrice de la parole de Dieu : « Il parle et cela est, il commande et cela existe » (Ps 33, 9). Le théologien Joseph Ratzinger, devenu Pape sous le nom de Benoît XVI, a souligné

---

[41] « Relinquentes enim *mandatum* Dei tenetis traditionem hominum… ». Traduction de la Bible de Jérusalem : « Vous mettez de côté le commandement de Dieu pour vous attacher à la tradition des hommes. » (Jn 7, 8). Voir aussi Mc 7, 8.

dans le premier tome de *Jésus de Nazareth,* que le message annoncé par le Christ c'est-à-dire « l'Évangile ne relève pas simplement du discours informatif, mais du discours performatif, qu'il n'est pas seulement communication, mais action, force efficace qui entre dans le monde en le sauvant et en le transformant. »[42] Selon la vision sémitique, la parole est déjà « acte », elle est évènement (*Dabar*). Ce sens biblique de la parole rappelle bien la théorie des *speech acts* (actes de langage ou actes de parole) du philosophe John L. Austin.[43]

Tout l'agir de l'Église va s'inscrire dans la perspective de cette Parole à annoncer. Son agir déjà est appelé à être une première forme d'annonce. La conversion des hommes s'obtient grâce à cette annonce qui est d'abord témoignage de vie.[44] L'Église a donc reçu un ministère axé sur la parole. Elle est communication. Comme elle n'agit qu'au nom du Christ et pour le Christ, elle est communication médiatrice. Elle ne peut pas s'isoler face à un monde médiatisé, face à un monde de communication, c'est-à-dire un monde où, comme dit le Pape François, « tout est lié »[45] ou relié. Envoyée par le Christ, l'Église ne peut pas s'abstenir de cette nécessaire communication. Elle reçoit une Parole à annoncer afin que la Bonne Nouvelle parvienne « jusqu'aux extrémités de la terre » (Ac 1, 8). Elle ne peut pas ne pas communiquer. « L'Église doit entrer en dialogue avec le monde dans lequel elle vit. L'Église se fait parole ; l'Église se fait message ; l'Église se fait conversation »,[46] écrivit le Pape Paul VI. « C'est le devoir d'apostolat. »[47] S'applique donc littéralement à l'Église, l'axiome de l'impossibilité de P. Watzlawick, au sens où elle ne peut pas ne pas communiquer. Elle est en tant que telle « signe ». Un signe est par nature communication de sens, il est relation. L'Église, elle, assure cette relation intrinsèquement, comme elle l'assure extrinsèquement. D'une part en reliant signifiant et signifié et

---

42 J. Ratzinger (Benoit XVI), *Jésus de Nazareth : du baptême dans le Jourdain à la transfiguration,* p. 68
43 Voir : John L. Austin, *How to do Things with Words,* Clarendon Press, 1962, 166 p.
44 Cf. EN 14.
45 LS 16.
46 Paul VI, *Ecclesiam suam,* n° 67.
47 *Ibid.,* 66.

de l'autre en reliant entre eux divers sujets partageant un même univers de signifiance.

Par ailleurs, l'axiome de l'impossibilité s'applique aussi à l'Église parce qu'elle est douée d'un agir en tant que sujet collectif qui parle au monde. Consciente qu'il n'y a pas de non-comportement et que tout comportement est communication, l'Église communique lors même qu'elle garderait le silence. Car le silence – n'étant pas une communication verbale, ne peut être non plus une non-communication. Dès lors, l'Église se trouve toujours face à une « double contrainte » qui lui enjoint de communiquer, mais également de veiller au contenu de son message et à la manière dont ce message est transmis (son énonciation, son traitement et sa réception). Elle doit avoir une claire conscience de ce que pour elle communiquer veut dire et penser continuellement son agir communicationnel. Or communiquer n'est pas toujours un acte intentionnel. Beaucoup d'actes de communication échappent à ceux-là mêmes qui les posent. Cette approche pragmatique de la communication conduit à la remise en question de l'axiome classique de l'intentionnalité de l'acte communicatif.

Aussi, la seule présence de l'Église au monde est déjà un acte de communication. Certes les actes de communication qui émanent de l'Église sont en général des actes intentionnels, mais aussi elle communique bien avant toute initiative particulière d'élaboration d'un discours. Il y a donc une communication dont l'Église a la pleine initiative, mais il y en a également une qui précède en elle le langage formel et naturel. Cela découle du fait que la communication est coessentielle à l'Église. Elle est envoyée pour annoncer ce qu'elle doit transmettre. Elle assure la *traditio fidei*. C'est une mission intemporelle qui s'inscrit dans le long terme de la transmission. « Communiquer, écrit à ce sujet R. Debray, est le moment d'un processus plus long et le fragment d'un ensemble plus vaste ».[48] Cet « ensemble plus vaste », le théoricien de la *médiologie* l'appelle « transmission ». Il regroupe selon lui « tout ce qui a trait à la dynamique de la mémoire collective »,[49] alors

---

[48] R. Debray, *Introduction à la médiologie*, p. 3.
[49] *Ibid.*

que la communication renvoie à « la circulation des messages dans un moment donné. »[50]

L'affirmation paulinienne *fides ex auditu* (Rm 10, 17) se révèle dès lors comme un constat originaire de l'expérience missionnaire. Le Pape François dans son exhortation apostolique *Evangelii gaudium* féconde la portée injonctive du *fides ex auditu* en affirmant qu'« il ne peut y avoir de véritable évangélisation sans annonce explicite que Jésus est le Seigneur » et sans le « primat de l'annonce de Jésus-Christ dans toute activité d'évangélisation ».[51] Le Souverain Pontife y souligne également le rôle essentiel de la prédication, et spécifiquement de l'homélie comme lieu privilégié de la communication du message évangélique.

La médiatisation du message ou de l'évènement ecclésial – dans la mesure où elle peut trahir leur vrai sens – représente donc en soi un enjeu crucial pour l'Église dans sa mission d'annonce et de transmission. Avec cet enjeu, il convient d'en expliciter impérativement d'autres, subséquents, et de les analyser en vue de proposer ce lieu pragmatique de redéfinition de l'agir communicationnel de l'Église et des acteurs médiatiques. Les rapports Église/médias en contexte haïtien nous donnent trois motifs pour nous interroger sur ces enjeux :

1) L'attitude à adopter

Une attitude parfois remarquée dans l'Église, consiste à oublier la prudence et le discernement auxquels invite *IM* qui a souligné l'ambivalence de l'usage des instruments que sont les moyens de communication sociale. Le message de l'Église peut donc être, pour de multiples raisons, dénaturé à travers sa transmission par les médias ; il peut aussi bien être noyé dans le flux algorithmique de la diffusion des messages de toutes sortes. Ces messages sont souvent transmis avec un indifférentisme assumé. Puisque, par ailleurs, l'Église doit communiquer et par conséquent, recourir nécessairement aux moyens de communication sociale, comment

---
50 *Ibid.*
51 EG 110.

peut-elle éviter ce risque de dénaturation de sa communication ou de son message ? Peut-elle l'éviter ? Là se donne une question à creuser.

2) La nécessaire intelligibilité

Le monde exige de l'Église aujourd'hui qu'elle rende intelligible non seulement son message, mais aussi l'importance pour elle de la communication médiatique. Au regard de la première exigence, nous portons un intérêt particulier au rôle prophétique de l'Église d'Haïti dans le contexte de la dictature qui a brimé la liberté d'expression dans le pays. Nous y reviendrons à la fin de cette première partie de l'ouvrage. Mais entre autres, dans un pays où le discours ecclésial est peu ou prou écouté, les pasteurs doivent pouvoir justifier leur option de communication, car le risque est grand de suivre l'agenda des médias. D'où la nécessité d'une métacommunication et d'une approche positive et critique plutôt que d'une suspicion méfiante à l'égard ces derniers.

3) L'utilisation des médias dans l'Église

Le dernier motif de cette étude est l'utilisation des médias dans l'Église. Quelle place trouvent-ils parmi les moyens dont l'Église elle-même dispose ? Comment cette place leur est-elle accordée dans l'ordonnancement des moyens par rapport aux fins apostoliques de l'Église ? La réponse à ces questions passe par l'analyse des rapports de l'Église avec les médias non confessionnels et par un regard sur l'histoire des médias catholiques en Haïti.

La communication reste une dimension essentielle de la vie de l'Église. Cependant, lorsque cette communication doit passer par des moyens techniquement très élaborés et souvent soumis à la loi de la finance et aux idéologies, se dessine une trajectoire de rapports assez complexes entre l'Église et lesdits moyens. Pourtant, les médias comme moyens de communication peuvent être l'occasion pour beaucoup de nos contemporains, désenchantés, de redécouvrir en eux le désir d'infini qu'il faut débarrasser des sédiments de l'immédiateté, du consumérisme et de l'immanentisme.

2. Les médias : entre toute-puissance et réelle influence

Un déplacement de curseur

Notre approche des médias assume certes l'héritage de la longue et laborieuse construction du discours de l'Église sur les moyens de communication sociale et celui d'approches théoriques diverses élaborées progressivement dans différents champs disciplinaires. Néanmoins, elle est singulière dans ses nuances et la distance critique qu'elle présuppose. Elle n'est pas un réquisitoire contre les médias. En cela, elle se distingue de la démarche des théoriciens de la critique sociale de la première génération de Francfort qui s'est accentuée sur les concepts de la « perte de l'aura, d'unidimensionnalité et surtout d'industrie culturelle »[52]. Parmi les critiques adressées à l'école francfortoise sur sa critique des médias, « Pierre Bourdieu et Jean-Claude Passeron s'en prenaient ainsi à [sa] massmédiologie abstraite ».[53] La théorie critique des médias, née de l'École de Francfort, s'est souvent vu reprocher « son caractère spéculatif, éloigné de la recherche empirique et de la concrétude de l'enquête sur

---

[52] O. Voirol, « La théorie critique des médias de l'école de francfort : une relecture », in *Mouvements*, vol. 61, no. 1, 2010, p. 23. Dans un article éponyme, publié dans la revue *Communications* en 1964, T. Adorno revendique la paternité du concept d'« industrie culturelle » pour lui et M. Horkheimer (in *Dialectique de la Raison*, 1947). « Dans nos ébauches, écrit Adorno, il était question de culture de masse. Nous avons abandonné cette dernière expression pour la remplacer par "industrie culturelle", afin d'exclure de prime abord l'interprétation qui plaît aux avocats de la chose ; ceux-ci prétendent en effet qu'il s'agit de quelque chose comme une culture jaillissant spontanément des masses mêmes, en somme de la forme actuelle de l'art populaire. Or, de cet art, l'industrie culturelle se distingue par principe. » (Cf. T. Adorno, « L'industrie culturelle », in *Communications,* 3, 1964, p. 12). H. Arendt, au contraire, accentue l'usage du terme de culture de masse en déplaçant le sens qu'elle lui confère. Elle voit dans les mass-media une vitrine d'exposition, un lieu de proposition des marchandises produites par l'industrie des loisirs qui exploite les objets culturels pour répondre aux « appétits gargantuesques » de la société de masse. Cette dernière, se saisissant des objets culturels, donne lieu d'apparaitre à la culture de masse. (H. Arendt, *La crise de la culture*, p. 265). F. Balle a consacré toute la troisième partie de son ouvrage sur *Les médias* (2004) à une revue des critiques formulées à l'endroit ceux-ci (p. 81-116) depuis Socrate dans le *Phèdre* de Platon jusqu'à l'approche moins sévère d'Edgar Morin dans *L'esprit du temps* (1962).

[53] O. Voirol, *loc. cit.* Cf. P. Bourdieu et J.-C. Passeron, « Sociologues des mythologies et mythologies de sociologues », in *Les Temps Modernes,* 1963, n°24, p. 998-1021.

les pratiques culturelles et médiatiques. »[54] En reconnaissant les limites de ces critiques, souvent assez superficielles, nous ne pouvons pas non plus absoudre la critique francfortoise des médias de tout ce qu'on lui reproche, dont l'exagération du « pouvoir des industries culturelles en concevant leurs destinataires comme dépourvus de capacité d'interprétation, de réappropriation, voire de résistance. »[55]

Notre approche part de présupposés théoriques confrontés ensuite à la réalité empirique des pratiques médiatiques. Avec l'École de Francfort, nous partageons le souci de la critique sociale qui est au cœur de la théorie critique elle-même. Cependant, notre démarche place le curseur non pas sur les moyens en soi, mais sur les sujets qui font usage de ces moyens. Cela relativise du coup l'idée de puissance que l'on a longtemps reconnue et que reconnaissent encore certains aux moyens de communication sociale. Effet, les médias – ceux qui ont été en particulier l'objet de la critique acharnée de certains intellectuels depuis 20ᵉ siècle, appelés couramment « médias traditionnels » – ne sont pas dotés d'une toute-puissance et ne sont pas les seuls lieux de formation de l'opinion publique.

2.1. L'hypothèse de la toute-puissance des médias

En effet, en formulant leurs critiques à l'égard des médias, les théoriciens de Francfort, en particulier T. Adorno, M. Horkheimer et H. Marcuse, approuvaient l'idée largement admise de la toute-puissance des médias et son corolaire, c'est-à-dire celle « de leur capacité à inculquer ce qu'ils veulent, quand ils le veulent. »[56] Pour T. Adorno, l'industrie culturelle, dont les médias forment une des branches, « confectionne, plus ou moins selon un plan, des produits qui sont étudiés pour la consommation des masses et qui déterminent par eux-mêmes, dans une large mesure, cette consommation. »[57] La *Kulturindustrie* avait été déjà introduite

---

54 O. Voirol, « La théorie critique des médias de l'école de francfort : une relecture », *art. cit.*, p. 24.
55 *Ibid.*
56 F. Balle, *Les médias*, p. 99.
57 T. Adorno, *loc. cit.*

dans *La dialectique de la raison* par T. Adorno et M. Horkheimer en mettant en lumière l'instrumentalisation de la culture et de l'art au service du productivisme et de la consommation de masse. Dans le regard critique des marxiens Francfortois, « Le film et la radio n'ont plus besoin de se faire passer pour de l'art. Ils ne sont plus que *business* : c'est là leur vérité et leur idéologie qu'ils utilisent pour légitimer la camelote qu'ils produisent délibérément. Ils se définissent eux-mêmes comme une industrie »[58]. Ils ont voulu ainsi dénoncer « leur mode de production [...] calqué sur celui d'industries comme l'automobile ou l'équipement ménager, et leur stratégie [...] celle qu'impose tout marché de masse. »[59] Pour eux, les médias, tant le cinéma que la radio et la télévision, obéissent à une logique productiviste qui industrialise la culture par « l'application aux productions intellectuelles, aux œuvres de l'esprit, de ces mêmes recettes – la division et l'organisation du travail, la production "à la chaine" de produits semblables les uns des autres – qui firent le succès de l'industrie automobile, à Détroit ou ailleurs. »[60] Le résultat c'est une « culture standardisée » pour des « esprits conformes ». H. Marcuse a trouvé la formule qui résume le mieux cette situation où l'homme est soumis ou intégré à un système dominé par l'économie : *L'homme unidimensionnel,*[61] un homme ajusté à la société à laquelle il appartient, la société unidimensionnelle. Cette société constitue « une société close [...] parce qu'elle met au pas et intègre toutes les dimensions de l'existence, privée et publique. »[62] Dans cette société industrielle avancée, H. Marcuse estime que :

> Les communications de masse ont peu de mal à faire passer des intérêts particuliers pour ceux de tous les hommes de bon sens. Les besoins politiques de la société deviennent des aspirations et des besoins individuels, leur satisfaction favorise la marche des affaires et le bien public

---

[58] T. Adorno et M. Horkheimer, *La dialectique de la raison,* p. 130.
[59] F. Balle, *op. cit.,* p. 99.
[60] *Ibid.*
[61] H. Marcuse, *One-Dimensional Man : Studies in the Ideology of Advanced Industrial Society,* Boston, Beacon Press, 1964. La traduction française effectuée par Monique Wittig publiée dans « Les éditions de minuit » en 1968 est approuvée par l'auteur lui-même. Nos citations de cette œuvre sont tirées de l'édition française.
[62] H. Marcuse, *L'homme unidimensionnel,* p. 7.

et tout semble être l'expression de la même raison.[63]

Le problème qui se pose alors n'est pas tant celui de la liberté que celui de la manière dont cette liberté est comprise, règlementée et vécue. Or, pense H. Marcuse, « règlementée par un ensemble répressif, la liberté peut devenir un instrument de domination puissant ».[64] Et de fait, de telles conditions sont réunies dès lors que le choix à faire s'opère parmi des choix offerts à l'individu et non dans un monde de possibilités sans détermination préalable à travers « des contrôles sociaux ». La fonction qu'assument alors les communications de masse est de participer à l'égalisation des classes jusqu'à les faire disparaitre, de confondre le besoin fondamental de s'informer au besoin de se divertir, les besoins en général et l'imposture de la publicité dans des « rapports libidineux à la marchandise »,[65] de faire en sorte que les contrôles sociaux soient habilement introjectés afin d'anéantir « les forces oppositionnelles de l'individu » et qu'il n'y ait plus chez celui-ci de refus du conformisme. Dès lors, « l'individu est intégré ».[66] Dans la société unidimensionnelle, « il n'y a pas une adaptation, mais une *mimesis,* une identification immédiate de l'individu à *sa* société et à travers elle, avec la société en tant qu'ensemble. »[67]

Comme dit F. Balle, le réquisitoire contre les médias a aujourd'hui perdu de sa force à l'épreuve des faits.[68] En cela, le rôle se veut déterminant des enquêtes effectuées par P. Lazarsfeld, en particulier les conclusions formulées avec E. Katz dans *Personal influence.*[69] Ces enquêtes confirment d'une part la sélectivité de notre perception – « nous n'entendons le plus souvent que ce que nous voulons bien entendre »[70] – et d'autre

---

63 H. Marcuse, *op. cit.*, p. 15-16.
64 *Ibid.*, p. 32.
65 *Ibid.*, p. 8. Plus loin, H. Marcuse confirme que « les valeurs de la publicité créent une manière de vivre. […] Ainsi prennent forme la pensée et les comportements unidimensionnels. » (*Ibid.*, p. 37).
66 M. Horkheimer, « Préface à la réédition » de *Théorie traditionnelle et théorie critique*, p. 12.
67 *Ibid.*, p. 34-35.
68 Cf. F. Balle, *op. cit.*, p. 99.
69 E. Katz et P. Lazarsfeld, *Influence personnelle. Ce que les gens font des médias*, Paris, Armand Colin/Institut national de l'audiovisuel, 2008 [1955], 416 p.
70 F. Balle, *op. cit.*, p. 94.

part, le rôle des « hommes d'influence » qui sont des personnes avec qui nous entretenons une certaine proximité (peut-être pas géographique, mais psychologique ou même intellectuelle) et vers qui nous nous tournons en cas d'indécision. Ces hommes d'influence sont « de véritables relais entre les médias et chacun d'entre nous. Ainsi, l'influence des médias est-elle médiate plutôt qu'immédiate, indirecte et limitée. Elle emprunte la voie de relais censément qualifiés pour filtrer tout ce qui provient des "mass média". »[71]

Le réquisitoire contre les médias n'est donc soutenable que dans la mesure où nous pouvons postuler que les individus sont manipulables à merci. Or la rationalité subversive garde toute la proportion de sa capacité à produire encore ce que H. Marcuse appelle « la pensée négative » c'est-à-dire celle qui remet en cause l'ordre total établi ou la *doxa*. Du moins, le conflit entre le principe du plaisir et le principe de réalité laisse à chaque personne une porte ouverte dans la « société close ». Elle ne tient plus, l'explication béhavioriste des comportements telle qu'elle l'a été dans une conception plus antérieure du rôle des médias.[72] Les conclusions de H. Marcuse pourraient prendre un caractère absolu dans le cas où la communication était un processus linéaire. Or ce paradigme avait déjà largement évolué avec le mouvement fonctionnaliste, grâce à l'émergence de la cybernétique.[73]

---

[71] *Ibid.*, p. 91.
[72] On trouve cette tendance chez des auteurs comme Gabriel Tarde, Gustave Lebon ou Jean-Martin Charcot. Les « médias de masse » y sont alors vus comme technique de domination. Au début du XXe siècle et plus particulièrement peu avant l'éclatement du premier grand conflit mondial (1914-1918), la thèse de la toute-puissance des médias sur les comportements sociaux domine les milieux intellectuels. Voir : S. Tchakhotine, *Le viol des foules par la propagande politique,* Paris, Gallimard, 1952 [1939], 605 p. S. Tchakhotine dédie cet ouvrage respectivement à Pavlov et à H. G. Wells.
[73] Harold D. Laswell donne par ses travaux un premier cadre conceptuel à la sociologie des médias sur la base des grands axes de recherche que sont : l'analyse des stratégies ou du contrôle (qui), l'analyse des contenus (quoi), l'analyse des supports ou médias proprement dits (par quel moyen), l'analyse de l'audience (à qui) et l'analyse des effets (avec quel résultat, quel impact). Voir : H. Laswell, *World Politics and Personal Insecurity,* New York, Free Press, 1965, 238 p. Laswell a forgé le terme d'*aiguille hypodermique* pour expliquer la manière dont procèdent les médias pour produire leur impact sur les individus. Dans cette perspective, les médias assurent « la surveillance de l'environnement » sociétale ou du système, « la mise en relation des composantes de la société », « la transmission de l'héritage social de la hiérarchie et l'entrainement ou le divertissement. Les deux dernières fonctions ont été rajoutées par P. Lazarsfeld et Robert K. Merton. L'un des derniers concepts fonctionnaliste est l'*Agenda setting* de Maxwell McComb et Donald Shaw

2.2. L'idée d'un quatrième pouvoir

Contrairement à l'argument de la toute-puissance des médias, celui de leur influence sur la vie réelle des gens est incontestable. Cela peut toutefois varier selon qu'il s'agit, pour reprendre les termes de M. McLuhan, d'un « média chaud » mobilisant peu la participation de ses utilisateurs (la radio, la presse) ou, à l'inverse, de « média froid » sollicitant davantage cette participation (la télévision par exemple).[74] L'exemple le plus probant de cette influence des médias sur le public est celui de l'épisode « Guerre des mondes » d'Orson Welles qui a marqué l'emprise de la radio sur le public des auditeurs.[75]

L'épisode de la « Guerre des mondes » qui se passe en 1938 illustre le modèle béhavioriste de l'utilisation des médias comme instruments d'influence des comportements et de formation

---

qui désigne « l'ensemble des problèmes faisant l'objet d'un traitement, sous quelque forme que ce soit, de la part des autorités publiques et donc susceptibles de faire l'objet d'une ou plusieurs décisions » (Ph. Garraud, « Politiques nationales : l'élaboration de l'agenda » in *L'année sociologique*, p. 27.) Les médias exercent ainsi « un effet considérable sur la formation de l'opinion publique, en attirant l'attention de l'audience sur certains évènements et en négligeant d'autres. Les médias définissent ainsi le calendrier des évènements et la hiérarchie des sujets qu'il note dans leur agenda. » (Cours sur « les théories de la communication » de J. L. Michel ; QSJ, « sciences de la communication » [en ligne], 1992, http://nalya.canalblog.com/archives/2008/01/07/7476236.html. Extrait consulté le 29 juin 2018).

74 Les médias chauds se distinguent par la richesse de leur contenu en apportant beaucoup d'informations à l'utilisateur dont ils mobilisent un seul des sens où s'investissent toutes les ressources intellectuelles. Au contraire, les médias froids, avec un contenu plutôt pauvre, appellent à divers sens de leurs utilisateurs, plus aptes à revoir ce contenu, construisant de là leur propre image de ce qu'ils reçoivent. Cf. M. McLuhan, *Comprendre les médias*, coll. Points, Paris, Mame/Seuil, 2015, 1ère éd. 1964.

75 On est en 1938, deux modèles de développement des médias ont pignon sur rue : d'un côté le modèle américain dominé par le libéralisme économique et qui va bientôt contraindre les pays « d'organiser d'en haut la pagaille originelle » ; de l'autre côté le modèle germano-britannique présent aussi en Italie et « dominé par l'emprise de l'État ». Aux Etats-Unis, vers les années 1920, des programmes réguliers sont diffusés à l'endroit d'un public indifférencié. On est déjà la la communication de masse, ce depuis l'invention du TSF. Dans ce climat de toute-puissance des médias, Orson Welles, vingt-trois ans, arrive du cinéma à la radio. Des dizaines de millions d'auditeurs vont suivre la « dramatique radio », hebdomadaire mis en ondes par le jeune acteur pour CBS avec les services de la troupe *Mercury theatre*. Il s'agit d'une adaptation pour les ondes du roman intitulé Guerre des mondes de Herbert George Wells, qui reste un des évènements radiophoniques du siècle. C'est en fait le récit d'un débarquement d'extraterrestres qu'Orson Welles avait choisi de dramatiser encore plus que cela ne l'est dans le livre. En mettant en ondes le 30 octobre le roman réadapté, Welles a voulu laisser à ses auditeurs l'impression d'une arrivée massive et réelle de Martiens sur les Etats-Unis. Voilà pourquoi il a joué une sorte de retransmission en direct et cela a semé une vraie panique à New-York. Les conséquences de cette panique ont même conduit à des procès judiciaires. Cet épisode témoigne de ce que peut être une utilisation des médias basée sur le modèle béhavioriste.

de l'opinion. À ce titre, on les désigne comme un pouvoir. Aujourd'hui, il est même fréquent d'entendre parler des médias comme un quatrième pouvoir, titre dont ils sont non moins jaloux et qui leur est presqu'unanimement reconnu. Pour nous arrêter à l'exemple d'Haïti, le tableau qui suit recueille des extraits de discours qui illustrent bien nos propos.

Quelques citations recensées sur la presse comme « quatrième pouvoir »

Référence de l'article	Citation
Haïti Libre, « Haïti - Politique : La Liberté des médias pour un avenir meilleur », 4-05-2014.	[...] Je voudrais souligner que le bon fonctionnement de la presse, le **quatrième pouvoir,** peut jouer un rôle inestimable dans la consolidation des bases de notre jeune démocratie tout en jouant un rôle de premier plan dans l'agenda de développement post-2015. (Extraits du message du Ministère de la Communication prononcé par Rudy Hérivaux à l'occasion de la Journée mondiale de la liberté de la presse de 2014)
Le Nouvelliste, « La démocratie est-elle possible sans la presse ? », 25-09-2013	Les médias constituent dans les démocraties libérales un **quatrième pouvoir.** Ils commentent les grands problèmes de la vie politique et prennent position sur eux. Ils influencent les gens. En effet, on se fait fréquemment une opinion au sujet des gouvernements en partant de ce que les médias en disent et en pensent. (Roberto Jean-Baptiste, membre du conseil administratif du Parti de la Renaissance haïtienne (PAREH))

Alterpresse, « Haiti-Presse : La pratique du journalisme à Port-au-Prince, entre « journalisme de marché » et Éthique », 3-05-2013	[…] Avec l'avènement de la presse et le rôle de plus en plus déterminant qu'elle joue dans la formation de la conscience citoyenne, on parle d'un **quatrième pouvoir** beaucoup plus indépendant, possédant un regard plus critique, plus distancié sur les trois autres. Aussi parle-t-on de la presse comme quatrième pouvoir. (Edner Fils Décime)
Le National, « Haïti société/Presse – De la nécessité d'une carte d'identité professionnelle pour les journalistes », 18-06-2015	En Haïti, l'on ne cesse de clamer que la presse représente le **quatrième pouvoir.** Cependant, en dépit de toutes les divergences dans les lignes éditoriales des médias, à aucun moment dans l'exercice de son métier, le journaliste ne devrait être représentant d'un média (un élément de l'ensemble) bien avant d'être représentant de la presse (l'ensemble). (Ritzamarum Zétrenne)
HPN, « Haïti-Presse/ réactions : Un avocat du barreau de P-au-P, se positionne sur la note de la CONATEL », 25-04-2014	Selon l'avocat, la Constitution haïtienne, en ses articles, 28, 28-1, 28-2 et 28-3, garantit la liberté d'expression et la liberté de la presse qui constitue le **4e pouvoir.** (Betty Désir)

Dans l'ensemble de ces discours de presse, l'attribution du titre de « quatrième pouvoir » aux médias est attestée, mais la chose en soi n'est pas avérée. D'après l'ouvrage *On Heroes* de T. Carlyle, la première attribution du terme de « quatrième pouvoir » à la presse remonte à 1787. C'est Edmund Burke, homme politique britannique, qui aurait conféré ce nouveau sens à l'expression « quatrième état » lors d'un débat à la Chambre des Communes.[76] E. Burke aurait utilisé de préférence l'expression « quatrième état » en référence aux trois états (la noblesse, le clergé et le tiers état) dans

---

[76] Cf. T. Carlyle, « Lecture V: The Hero as Man of Letters. Johnson, Rousseau, Burns », in *On Heroes, Hero-Worship and the Heroic in History*, p. 392.

le mode d'organisation sociale et politique des anciens régimes. Selon F. Balle, le Britannique « utilisa pour la première fois l'expression "quatrième pouvoir" pour condamner, en 1790, la Révolution française. »[77] H. de Balzac l'aura reprise et popularisée en 1870 dans la *Revue parisienne*. Dans cette revue littéraire qu'alors il dirige lui-même, H. de Balzac écrit : « La presse est en France un quatrième pouvoir dans l'État : elle attaque tout et personne ne l'attaque. Elle blâme à tort et à travers. Elle prétend que les hommes politiques et littéraires lui appartiennent et ne veut pas qu'il y ait réciprocité ; ses hommes à elles doivent être sacrés. »[78] La virulence de H. de Balzac dans cette deuxième parution de la mensuelle littéraire aurait pu aujourd'hui être considérée comme une attaque contre la liberté de la presse et contre la liberté d'expression plus généralement. Mais, à chaque époque sa lecture. A. Soljenitsyne est plus implicite sans être moins tranchant lorsqu'il fait référence au « quatrième pouvoir » dans son discours de 1978 aux étudiants de la Harvard : « la presse est devenue la force la plus importante des États occidentaux, elle dépasse en puissance les pouvoirs exécutif, législatif et judiciaire. »[79] Cette capacité d'influence des médias apparait sans équivoque dans des écrits plutôt récents comme *La Médiacratie* de François-Henri de Virieu ou les *Les nouveaux chiens de garde* qui, selon S. Halimi, sont des « complices des puissants et leurs propagandistes zélés ».[80]

Tout part d'une surestimation du pouvoir des médias. Ceux-ci, en effet, « agissent à la longue, par insinuations répétées, influençant l'air du temps ou le climat d'opinion. »[81] Les médias influencent bien évidemment l'opinion publique, mais ils le font par ce que J. Gerstlé appelle « les mécanismes persuasifs »[82] et qui sont en réalité les trois types d'effets reconnus par les chercheurs en sciences de l'information et de la communication : l'effet d'*agenda,* qui « désigne l'impact des médias sur la saillance des

---

77 F. Balle, *op. cit.*, p. 94.
78 H. de Balzac, « Chronique de la presse », in *Revue parisienne*, n° 2, août 1840, p. 243.
79 A. Soljenitsyne, *Le déclin du courage*, p. 36.
80 F. Balle, *op. cit.*, p. 93.
81 *Ibid.*, p 94.
82 J. Gerstlé, « L'information et la sensibilité des électeurs à la conjoncture », in *Revue européenne des sciences sociales,* tome 37, 1999, n° 114, p. 144.

enjeux perçus par l'opinion »,[83] s'obtient par la hiérarchisation de l'information ; l'effet de cadrage (*framing*), qui suggère au public le « terrain » où porter l'affrontement idéologique, intègre l'information dans un contexte et indique son cadre interprétatif[84] ; enfin l'effet d'amorçage (*priming*) qui est un autre aspect de la *procédure médiatique* et qui « désigne l'influence des médias [...] sur les critères retenus pour évaluer et produire des jugements »[85]. Par ces procédés les médias orientent le débat public.

Il faut donc reconnaitre aux médias une véritable influence sur leur public. Cependant, l'inquiétude vis-à-vis de la puissance qu'ils peuvent détenir est plus grande que la cause qui la produit. En effet, l'influence des médias peut être importante, mais faut-il qu'elle soit hypostasiée en toute-puissance ou en quatrième pouvoir ? Il n'y a, à notre sens, aucune raison à cela. « On ne saurait confondre un pouvoir d'influence, aussi grand soit-il, à ces pouvoirs d'État – [le judiciaire], le législatif et l'exécutif –, disposant chacun de la contrainte pour faire exécuter leurs décisions. »[86] Ce discours, qui fait autorité dans le monde médiatique, est alors un discours erroné. Il est aussi erroné que dangereux pour les libertés mêmes qu'il prétend reconnaitre aux médias, car il peut servir « d'alibi à ceux qui rêvent, au nom des libertés, de soumettre les médias à des lois comparables à celles qui visent l'organisation et le fonctionnement de l'État, seul détenteur légitime du pouvoir de contraindre ses ressortissants. »[87]

Ce paradigme de pouvoir selon lequel les médias sont souvent

---

83 *Ibid.* Dans une thèse soutenue le 30 mai 2018 à Lille III sur la *Hiérarchisation de l'information* à travers un étude comparée entre la France et le Koweit, Albaraa Altourah a montré la validité encore actuelle de la théorie de l'*agenda setting* pour l'explication des effets médiatiques. Voir : A. Altourah, *Hiérarchisation de l'information et « agenda setting » sur Twitter : étude comparée entre la France et le Koweit,* Thèse de doctorat en Sciences de l'information et de la communication, Laurence Favier (dir.), Université Charles de Gaulle - Lille III, 2018.
84 J. Gerstlé illustre l'effet de cadrage par un exemple frappant : « le traitement épisodique de la pauvreté dans l'information incite une attribution de responsabilité individuelle qui rend les pauvres responsables de leur de leur misère alors qu'un traitement thématique conduit à la reconnaissance d'une responsabilité collective. » (J. Gerstlé, « L'information et la sensibilité des électeurs à la conjoncture », *art. cit.,* p. 145).
85 *Ibid.*
86 F. Balle, *op. cit.,* p. 96.
87 *Ibid.*

compris est symptomatique de certaines préoccupations que l'on peut souvent retrouver dans les débats autour de leur rôle dans les sociétés dites démocratiques. Ces débats portent en général sur la manipulation de l'opinion par les médias. Cette problématique n'est en réalité que le corolaire de ce que J. Habermas appelle « la disjonction du système et du monde vécu » colonisé « par les sous-systèmes de l'économie et de l'État. »[88] Chez J. Habermas, « le monde vécu se constitue d'un tissu d'actes de communication qui se ramifient à travers les espaces sociaux et les temps historiques, actes qui se nourrissent de traditions culturelles et d'ordres légitimes tout en dépendant des identités d'individus socialisés. »[89] Il s'agit d'une réalité à la fois idiosyncrasique et potentiellement partagée par tout participant à des interactions communicationnelles. Le « monde vécu » est en ce sens l'« horizon où se meuvent toujours déjà les acteurs communicationnels ».[90] J. Habermas aborde « l'articulation de l'agir communicationnel à la formation de sous-systèmes dans la Modernité [...] sous le thème de la réification. »[91] On trouve ainsi chez le francfortois « une théorie de la société conçue comme la *simultanéité* du monde vécu et du système. Évidemment, cette simultanéité n'est pas synonyme d'harmonie ou de correspondance totales entre les impératifs du monde vécu et ceux du système ».[92] Voilà pourquoi une disjonction entre le système et le « monde vécu » peut être pathologique ou non. Dans ce dernier cas de figure, elle est « rendue possible sur la base d'un monde vécu culturellement rationalisé ».[93]

---

[88] F. Vandenberghe, « La notion de réification. Réification sociale et chosification méthodologique », in *L'Homme et la société*, n° 103, 1992, *Aliénations nationales*, p. 86.
[89] J. Habermas, *Droit et démocratie. Entre faits et normes*, p. 123. Ce « monde vécu n'est pas une macro-organisation constituée de membres, ce n'est pas une association ou une union formée par des individus qui se rassemblent, ni un collectif formé de ses adhérents. » (*Ibid.*).
[90] J. Habermas, *Théorie de l'agir communicationnel*, tome 2, p. 131. « Ce *monde vécu* intersubjectivement partagé constitue l'arrière-fond de l'activité communicationnelle. » (J. Habermas, *op. cit.*, tome 2, p. 98).
[91] A. Robichaud, *Jürgen Habermas et la Théorie de l'agir communicationnel : la question de l'éducation*, p. 102.
[92] *Ibid.*, p. 111.
[93] F. Vandenberghe, , « La notion de réification. Réification sociale et chosification méthodologique », *art. cit.*, p. 86.

> Système et monde vécu se différencient simultanément du fait que croissent la complexité de l'un et la rationalité de l'autre. [...] À ce plan de l'analyse, la disjonction entre système et monde vécu se constitue de telle sorte que le monde vécu, d'abord coextensif d'un système social peu différencié, est de plus en plus rabaissé au rang d'un sous-système à côté des autres. Dans ce processus, les mécanismes systémiques se séparent de plus en plus des structures sociales par lesquelles passe l'intégration sociale. [...] En même temps, le monde vécu reste le sous-système qui définit l'état du système social dans son ensemble. C'est pourquoi les mécanismes systémiques ont besoin d'un ancrage dans le monde vécu – il faut les institutionnaliser.[94]

J. Habermas explicite bien la disjonction qui se produit entre le « monde vécu » et le système :

> Les sous-systèmes de l'économie et de l'État se différencient d'un système institutionnel encastré dans l'horizon du monde vécu, et ils le font en passant par les « médiums » que sont l'argent et le pouvoir ; ainsi naissent des domaines d'action formellement organisés, qui ne sont plus intégrés grâce au mécanisme de l'intercompréhension, qui se détachent des contextes du monde vécu et coagulent dans une sorte de socialité sans normes.[95]

F. Vandenberghe nous aide ainsi à conclure que « le social est dissocié en domaines d'action constitués en mondes vécus et en domaines neutralisés par rapport au monde vécu. Les uns sont structurés par la communication, les autres sont formellement organisés. »[96]

L'instrumentalisation des moyens de communication sociale au service des sous-systèmes de l'économie et de l'État, comporte comme enjeu éthique la réification induite de sujets

---

94 J. Habermas, *op. cit.*, tome 2, p. 168.
95 *Ibid.*, p. 338.
96 F. Vandenberghe, *Une histoire critique de la sociologie allemande : aliénation et réification. Tome II, Horkheimer, Adorno, Marcuse, Habermas*, tome 2, p. 270. Cité dans A. Robichaud, *op. cit.*, p. 114.

impliqués dans d'éventuelles interactions communicationnelles en même temps que la disjonction entre système et « monde vécu » tel que pensé par J. Habermas.[97] L'agir communicationnel implique « l'interaction d'au moins deux sujets capables de parler et d'agir qui engagent une relation interpersonnelle (que ce soit par des moyens verbaux ou extraverbaux). Les acteurs recherchent une entente (*Verständigung*) sur une situation d'action, afin de coordonner consensuellement (*einvernehmlich*) leurs plans d'action et de là même leurs actions. »[98] La réification, au contraire, ignore la dimension pragmatique et performative de la communication de même qu'elle ignore le statut de l'autre comme participant dans une « activité orientée vers l'intercompréhension » et où « l'attitude objectivante […] cesse d'être une attitude *privilégiée*. »[99] Bref, elle ignore à la fois l'interactivité et l'intersubjectivité.

« Dans le paradigme de l'intercompréhension, ce qui est fondamental, c'est l'attitude performative adoptée par ceux qui participent à une interaction, qui coordonnent leurs projets en s'entendant les uns les autres sur quelque chose qui existe dans le monde. »[100] À une attitude objectivante doit alors se substituer une attitude performative. Dans la première, et surtout en contexte macrosocial, la communication n'est exploitée qu'en vue de stimuler un comportement intégré. Les sujets réifiés subissent des autres une certaine violence symbolique. À ceux-là n'est reconnu qu'un rôle passif de réactions pavloviennes. La question

---

97 Ayant hérité du concept de la réification sociale de la tradition du marxisme occidental, J. Habermas l'a reformulé à travers *La théorie de l'agir communicationnel*, titre des deux tomes de l'ouvrage de Jurgen Habermas publié en 1981. L'agir communicationnel se distingue chez J. Habermas de trois autres concepts d'action analysés par Habermas « au regard des *rapports* à chaque fois présupposés *entre acteur et monde*. » (J. Habermas, *op. cit.*, tome 1, p. 91). Ces trois concepts d'actions que J. Habermas distingue sur le plan de l'analyse sont : *l'agir téléologique* dont « le concept central est la décision entre des alternatives d'action » (*Ibid.*, p. 101) et qui s'élargit en agir stratégique « lorsque l'acteur fait intervenir dans son calcul de conséquences l'attente de décision d'au moins un acteur supplémentaire qui agit en vue d'un objectif à atteindre. » (*Ibid.*) ; *l'agir normatif* ou régulé par des normes (*normenreguliert*) et *l'agir dramaturgique*.
98 *Ibid.*, p. 102. « Le concept d'*interprétation* intéresse au premier chef la négociation de définition de situations, susceptibles de consensus. Dans ce modèle d'action, le langage occupe […] une place prééminente. » (*Ibid.*).
99 J. Habermas, *Le discours philosophique de la modernité*, p. 351.
100 *Ibid.*

44

de l'altérité telle qu'elle est posée par D. Wolton devient alors le premier enjeu de la communication.[101]

En contexte haïtien comme ailleurs, cet enjeu est lié à deux facteurs : l'instrumentalisation de la raison à laquelle l'*Aufklärung* a reconnu une vocation émancipatrice et celle des moyens de communication sociale eux-mêmes, d'une part ; la réduction des sujets réduits à de pures statistiques ou à des problèmes à résoudre, d'autre part. Le saint-simonisme du 19e siècle ou l'idée de la communication comme système organique chez Herbert Spencer, la vision de la communication comme facteur d'intégration des sociétés humaines et moyens de gestion de la multitude qu'a vu naitre le 20e siècle, s'inscrivent tous dans cette perspective. Les sondages d'opinions et la publicité en sont aujourd'hui très révélateurs. Ils jouent bien leur rôle en politique comme en économie, en contexte électoral comme dans le cadre du marché. En Haïti, par ailleurs, on sait toute la complexité du fonctionnement de telles stratégies liées aux sondages qui sont de plus en plus en déficit de légitimité. Les élections qui eurent lieu durant les décennies de 1990 à 2010, où la pratique des sondages pré-électoraux a connu un certain essor, ont failli en même temps donner le coup de grâce aux instituts qui essaient d'y poser leur marque, tant les résultats de leurs sondages ont fait polémiques. Dans *Le Nouvelliste* du 1er septembre 2010, alors que les prétendants aux différentes fonctions électives sont en pleine campagne électorale, Pierre-Raymond Dumas signe un éditorial où il souligne à grand trait « les polémiques suscitées par les sondages d'opinion [qui] surgissent à l'approche de chaque scrutin présidentiel. »[102] Il note :

> La démocratie d'opinion qui a émergé tapageusement […] avec le départ de Jean-Claude Duvalier en 1986 n'a

---

101 Selon D. Wolton, la communication « pose la question de la relation, donc celle de l'autre. » (D. Wolton, *Informer n'est pas communiquer*, p. 9). Or la tentation d'une ipséité narcissique nous menace tous. La question de l'autre reste problématique. La communication est donc complexe parce qu'elle exige, comme par un pacte implicite, de sortir de soi pour aller vers l'autre, elle exige une reconnaissance mutuelle. Pour D. Wolton, la relation et, par voie de conséquence, la communication suppose donc nécessairement l'altérité.

102 P.-R. Dumas, « Les sondages », Éditorial, *Le Nouvelliste* [en ligne], 01-09-2010, https://lenouvelliste.com/article/83039/les-sondages. Consulté le 07 novembre 2018.

pas favorisé la mise en place de véritables baromètres collectifs. On sait qu'Haïti, petite république obscure et frileuse, est vierge en ce domaine dont les vertus principales consistent à influencer l'opinion et à orienter d'une façon ou d'une autre la prise de décision politique.[103]

L'utilisation des sondages à des fins manipulatoires est sans conteste contre nature. Car, le sondage d'opinion doit être un outil scientifique qui, même commandé, ne peut pas enfreindre les règles qui lui confèrent son objectivité. Mais ce caractère électoraliste des sondages date déjà des « votes de pailles » (*straw votes*) du début du 19e siècle aux États-Unis où s'est effectuée « la première tentative de saisir une opinion hors de son expression formelle directe à l'occasion d'une élection, et donc de pouvoir à la fois anticiper et, éventuellement, modifier le choix à venir de l'électeur ».[104] L'importance que prennent depuis les sondages s'explique sans doute par « l'individualisation du vote » résultant elle-même de nombreux autres facteurs énumérés par M. Dogan parmi lesquels le déclin de l'influence religieuse.[105] Cependant, pour que ces instruments mis en œuvre par la raison instrumentale atteignent pleinement les objectifs qui leur sont assignés, le recours aux moyens de communication sociale, particulièrement la radio, la télévision et la presse, est incontournable en raison de la médiatisation de l'espace public.

On découvre alors que le pouvoir que certains reconnaissent aux médias est plutôt celui des sous-systèmes de l'économie et de l'État. Ceux-ci cherchent, par ces moyens de communication, à imposer une opinion au public et à orienter les prises de décisions et les comportements. Cet enjeu implique non seulement les sondages d'opinion commandités, la publicité, mais également les grandes tribunes de presse et certains *talkshows* où des journalistes peuvent risquer d'échanger leur véritable rôle pour celui de communicants chargés de rendre potable un contenu à

---

103 *Ibid.*
104 Hélène Y. Meynaud et D. Duclos. « I. Histoire des sondages d'opinion », in Hélène Y. Meynaud éd., *Les sondages d'opinion,* p. 10.
105 M. Dogan, « Le déclin du vote de classe et du vote religieux en Europe occidentale », in *Revue internationale des Sciences sociales,* 1995, n° 146, p. 601-616.

valeur marchande. Les médias en soi n'ont pas de pouvoir sinon une vocation et une mission de service commandées par le droit à l'information et à la vérité et par le besoin de diffusion de la culture. Ce n'est pas en ignorant leur capacité à influencer leur public que nous considérons le prédicat du pouvoir comme non attribuable aux médias. Mais si ce prédicat était corrélé aux médias par analogie aux pouvoirs constitués que sont l'exécutif, le législatif et le judiciaire, cela supposerait d'une part leur capacité à contraindre les sujets auxquels s'adressent leurs contenus et de l'autre leur soumission à des normes similaires à celles qui régissent les trois autres pouvoirs.

2.3. L'influence des médias au prisme de la théorie girardienne du mécanisme mimétique

Dans *L'homme unidimensionnel,* H. Marcuse évoque le caractère mimétique du comportement individuel comme identification immédiate à la société. Mais il y a, plus complexe encore, un mécanisme mimétique qui explique ce caractère mimétique du comportement. Ce mécanisme mimétique dont nous devons la théorisation à R. Girard, est un processus qui part du désir à la crise mimétique et qui n'a d'issue que dans la résolution victimaire. R. Girard retrace, en effet, « une séquence phénoménale très vaste […] qui commence par le désir mimétique, continue par la rivalité mimétique, s'exaspère en crise mimétique ou sacrificielle et finit par la résolution du bouc émissaire. »[106] Selon lui :

> Si le désir est à moi seul, s'il exprime ma nature propre, je devrais désirer toujours les mêmes choses. Et si le désir est ainsi figé, il n'y a pas grande différence entre lui et les instincts. Pour que le désir soit *mobile* – en relation avec les appétits et les instincts d'un côté, le milieu social de l'autre –, il faut ajouter à la sauce une bonne rasade d'imitation. Seul le désir mimétique peut être libre, vraiment humain, parce qu'il choisit le modèle plus encore que l'objet.[107]

---
106 *Ibid.*, p. 61.
107 R. Girard, *Les origines de la culture*, p. 63.

Le modèle du sujet désirant est en effet un médiateur, le *médiateur du désir*[108] dont l'imitation produit une transformation de l'appétit. Ce médiateur peut être réel ou imaginaire. Cependant, dans les deux cas, la médiation elle-même est toujours réelle. Dans le contexte de la culture des médias, ceux-ci parviennent à ériger et à imposer à l'appétit individuel le *médiateur du désir* comme modèle par excellence. Il peut s'agir d'une star de la musique ou du cinéma, d'un personnage de la radio ou de la télévision, d'un homme politique ou autre. Par ce médiateur, on peut aller jusqu'à déterminer le comportement des individus dans la société en exploitant chez eux ce désir qui est « intrinsèquement mimétique »[109].

Schématisation du désir triangulaire de R. Girard[110]

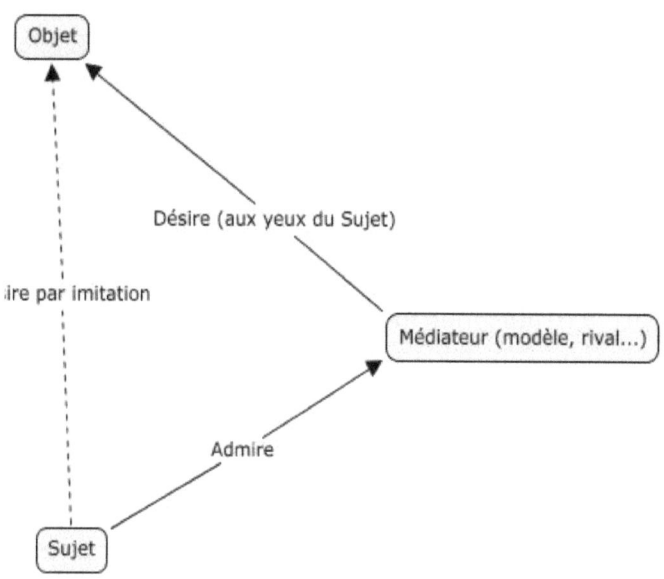

---

108 R. Girard, *Mensonge romantique et vérité romanesque*, p. 16.
109 « Le désir mimétique de René Girard », in *1000 idées de culture générale* [en ligne], https://1000-idees-de-culture-generale.fr/desir-mimetique-rene-girard/. Consulté le 20 février 2018.
110 Schéma tiré du lien http://lenuki69.over-blog.fr/article-texte-de-girard-sur-le-desir-mimetique-89436204.html. Consulté le 4 septembre 2018. Cf. R. Girard, *La Violence et le Sacré* (1972), Éd. Grasset, 1972, pp. 216-217.

René Girard situe le médiateur entre son rayonnement vers le sujet et son rayonnement vers l'objet. Il aiguise ainsi le désir du sujet en désignant comme idéal l'objet de son désir. D'une part, le sujet perçoit le rapport entre le médiateur et l'objet comme un rapport d'idéalisation qui le pousse à désirer de plus en plus fortement cet objet. D'autre part, il y a un aiguisement du sentiment d'admiration du sujet à l'égard du médiateur qui désire ou qui est considéré par le sujet comme aimant le même objet. Cela donne lieu à un désir triangulaire.[111]

La théorie du mécanisme mimétique de R. Girard nous offre là un moyen pour penser l'influence des médias sur les individus à travers leur rôle déterminant dans l'imposition du modèle au sujet. Dans ce contexte, la publicité devient un puissant catalyseur dans le processus de l'adoption du modèle par le sujet désirant. Elle projette le désir du sujet vers l'objet prétendument désiré par le biais du modèle. Celui-ci peut être, entre autres, un intellectuel au service du système que H. Marcuse appelle la société close, du moins au service des sous-systèmes habermassiens de l'économie et de l'État. L'intellectuel en tant que médiateur du désir propose généralement une lecture des choses qui, à force d'être relayée par les médias, finit par être incrustée comme un stéréotype dans la tête des individus consommateurs des contenus médiatiques.

Le procédé imitatif suppose que « le sujet désire l'objet possédé ou désiré par son modèle. »[112] Dans la description girardienne du mécanisme mimétique, la présence ou l'absence du modèle est « un élément décisif ». Dans le premier cas de figure, le modèle est présent au monde de celui qui accueille favorablement la suggestion médiatique. Il y a donc *médiation interne.* Par ailleurs, dans le second cas de figure, le mimétisme est aliénant et crée entre le sujet et le modèle une relation de *médiation externe* ; laquelle se crée « lorsque la distance est suffisante pour que les deux sphères de *possibles* dont le médiateur et le sujet occupent chacun le centre, ne soient pas en contact. »[113] Il faut qu'à l'inverse

---

111 Cf. R. Girard, *op. cit.*, p. 15-67. Voir schéma *supra*.
112 R. Girard, *Les origines de la culture*, p. 62.
113 R. Girard, *Mensonge romantique et vérité romanesque*, p. 22-23.

cette même distance soit assez réduite et « que les deux sphères pénètrent plus ou moins profondément l'une dans l'autre » pour qu'il y ait « *médiation interne* ».[114] Dès que l'adoption par le sujet du modèle proposé établit une relation de *médiation interne*, surgit la rivalité entre les deux termes de la relation. Cette rivalité dite mimétisme conflictuel est due à une imitation réciproque. « À cause de la proximité physique et psychique du sujet et du modèle, la médiation interne engendre toujours plus de symétrie : le sujet tend à imiter son modèle autant que le modèle l'imite, lui. En fin de compte, le sujet devient le modèle de son modèle, et l'imitateur devient l'imitateur de son imitateur. »[115] Un artiste musicien commence souvent sa carrière par une œuvre qui peut certes suivre la tendance, mais avec une touche d'originalité qui porte les médias à le proposer au public et à diffuser largement sa musique. À ce moment l'artiste devient un modèle pour son public, il devient même une image publicitaire pour certaines marques. Mais à la longue, il peut arriver que ce ne soit plus l'artiste qui définit la musique à proposer au public, mais le public qui impose à l'artiste son gout. Ainsi, on peut voir certains musiciens passer d'une musique « savante » à la musique « vulgaire ».

La proximité entre le sujet et le modèle tend vite à faire exaspérer la crise mimétique. Dès lors, « l'objet disparait dans le feu de la rivalité : la seule obsession des deux rivaux consiste bientôt à vaincre l'adversaire plutôt qu'à acquérir l'objet ; ce dernier devient superflu, simple prétexte à l'exaspération du conflit. Les rivaux sont de plus en plus identiques : des *doubles*. »[116] La frénésie qu'entraine le mimétisme réciproque ne peut se résoudre qu'à travers la désignation d'un bouc émissaire. « La seule réconciliation possible […], c'est la convergence de cette colère et de cette rage […] vers une victime désignée par le mimétisme lui-même et unanimement adoptée. »[117] Le stéréotype peut jouer un rôle déterminant dans l'adoption de la résolution victimaire lorsque le choix du bouc émissaire ne peut

---
114 *Ibid.*, p. 23.
115 R. Girard, *Les origines de la culture*, p. 62.
116 R. Girard, *op. cit.*, 63.
117 *Ibid.*, p. 76.

pas être automatique ou se faire au hasard, car il est « un mélange d'arbitraire et de nécessité ».[118] En général, on procède à partir de signes préférentiels et ces signes viennent de stéréotypes définis soit par la religion, la tradition, des secteurs idéologiquement situés ou des élites. Dans les mythes anciens, « les victimes sont […] souvent des infirmes, des êtres handicapés ou aussi des individus étrangers à la communauté ».[119] Il peut aussi y avoir des indices retenus pour créer une charge probante contre la victime. Dans la tragédie d'Euripide, l'épée exhibée par Phèdre forme la conviction de Thésée qu'Hippolyte est coupable du viol de sa belle-mère. Au chapitre trente-neuf du livre de la Genèse, la tunique de Joseph sert de preuve à la femme de Potiphar contre le fils de Jacob. Aujourd'hui, les médias jouent un rôle déterminant dans la définition des stéréotypes ou l'adoption du bouc-émissaire.

Loin de fournir là un motif de pessimisme absolu, tout cela vise à mettre en lumière l'une des facettes de la réalité du monde médiatique qu'on ne peut ignorer sans une forme de naïveté de notre part. Dans « la diversité croissante des médias », ils « excellent pour le meilleur comme pour le pire. »[120] En réalité, le problème ce n'est pas la technique, mais le sujet qui en fait usage.

****

Si la thèse de la toute-puissance des médias est dépassée ou n'est plus soutenable, si non plus l'idée qu'ils constituent un « quatrième pouvoir » restent une hypothèse non falsifiable, la médiatisation abusive de l'espace public impose aux sous-systèmes de l'économie et de l'État d'y recourir en vue d'influencer l'opinion et les comportements individuels qu'ils souhaitent intégrer et conformer à un univers forgé selon leur propre fin. Les médias peuvent proposer un objet aux individus par le moyen du mécanisme mimétique parce que l'inclination de ces derniers vers un bien – capable par sa perfection de satisfaire leur appétit (naturel ou élicite) – peut se muer, dans une

---

118 *Ibid.*, p. 81.
119 *Ibid.*, p. 80.
120 F. Balle, *op. cit.*, p. 101.

société consumériste, en simple désir. Ce désir est pour R. Girard essentiellement mimétique, car « seul le désir de l'Autre peut engendrer le désir »[121]. Nous le considérons quant à nous comme mimétique parce qu'il ne vise plus un objet voulu pour lui-même par le sujet désirant, mais parce que voulu par son modèle. Lequel est ici déterminé par les médias.

---

[121] R. Girard, *Mensonge romantique et Vérité romanesque,* p. 252.

CHAPITRE II
ÉGLISE ET MÉDIAS : DU CONTEXTE UNIVERSEL AU CONTEXTE LOCAL

Malgré la compatibilité entre la dimension communicationnelle de l'Église et la fin qu'à *priori* il convient d'assigner aux médias, on constate que l'histoire des relations entre les deux instances n'est pas un long fleuve tranquille. Le ton hostile s'observe dès qu'on remonte aux premières facilités que la technique a données à la diffusion de la pensée grâce à l'invention de l'imprimerie par Gutenberg. Celle-ci inaugure l'ère d'une liberté qui, de plus en plus, va s'affirmer et susciter, en conséquence, des différends incessants avec l'institution ecclésiale. La prise en compte du discours magistériel dans son historicité suffit à en donner la tonalité. L'imprimerie a suscité un climat marqué non seulement par la diffusion massive de la pensée profane, parfois même subversive, par la « vulgarisation » de la Bible, mais aussi par la remise en question de l'institution ecclésiale avec le mouvement de la Réforme. Enfin, derrière l'épiphénomène de l'imprimerie, c'est la modernité elle-même qui va susciter ce climat.

L'attitude de l'Église ne sera pas des plus tendres. On se retrouve à partir de ce moment en présence d'une Église, d'une part assez susceptible de protéger sa notoriété et sa place prépondérante, et de l'autre en réaction continuelle contre ce qui vient de plus en plus bousculer un certain ordre de choses favorable à cette notoriété et à cette prééminence. Si le 19ᵉ siècle a vu s'apaiser considérablement ce climat, le discours ecclésial a surtout connu un tournant avec le changement inauguré dans l'Église par l'ecclésiologie conciliaire de Vatican II. Ce discours ecclésial concernant les moyens de communication sociale doit être recherché non seulement dans *IM,* mais aussi dans d'autres textes conciliaires comme la constitution *GE,* le décret *AG* et la Déclaration *DH*. La réception du décret conciliaire sur les moyens de communication sociale a conduit, entre autres, à la création en Haïti de *Radio Soleil,* station de radiodiffusion interdiocésaine et affirmation d'une volonté manifeste de la part de l'Église en Haïti de poursuivre un dialogue fécond avec le monde socio-culturel de cette portion de l'île Quisqueya. Du contexte universel au contexte local d'Haïti, nous aborderons dans le présent chapitre les relations Église/médias selon le double critère de la confessionnalité et de la non-confessionnalité.

1. Relation entre Église et médias dans l'histoire : une difficile trajectoire

Le 25 novembre 1766, l'Encyclique *Christianae reipublicae salus* de Clément XIII sonne d'un ton dénonciateur à l'égard des moyens que sont les livres. « La santé de la société chrétienne […] nous oblige à la vigilance pour que l'insolente et épouvantable licence des livres, chaque jour produits en plus grand nombre, ne provoque pas davantage de dégâts », affirmait Clément XIII.[122] Le Pape juriste considérait alors les effets des livres comme une « peste contagieuse » et les auteurs et éditeurs comme « des hommes égarés, attachés à des mensonges et éloignés de la saine doctrine, [qui] troublent la pure source de la foi et battent

---

122 MEDIATHEC, *Les médias. Textes des Eglises,* p. 18.

en brèche les fondements de la religion. »[123] Le Pape appelait donc à « combattre le fléau mortel de tant de livres ».[124] Ce ton est tel que nombre d'ouvrages sur le sujet que nous abordons ne commencent que par là. Mais les rapports entre Église et médias remontent déjà aux débuts de l'histoire du christianisme. Les textes jouent un rôle capital dans le processus de transmission du message chrétien. L'Église ayant reçu la charge d'être gardienne du dépôt de la foi, se reconnaît alors le devoir de veiller à ce que ce dépôt soit gardé fidèlement et transmis de manière intègre. Il s'agit donc au départ de contrôler, à travers les textes, cette transmission et ensuite seulement la diffusion des opinions susceptibles d'entraîner les fidèles dans des erreurs ou des déviances quant à la foi et aux mœurs. Tout cela « passe par la mise en place de moyens de formulation de la doctrine ainsi que par le contrôle des opinions et des commentaires. »[125]

Au cours de la trajectoire historique qui concerne l'usage des moyens de communication sociale par l'Église ou leur régulation dans l'Église – au regard de la nécessité de protéger la foi des fidèles et de maintenir la communion – apparaissent dès l'antiquité quelques controverses comme celle autour de la fixation du canon des Écritures ou la controverse origéniste.[126] « L'Église antique a dû rechercher des solutions face à la diffusion écrite de certaines

---

123 *Ibid.*
124 *Ibid.*
125 E. Boudet, *Le « munus docendi » des évêques et le contrôle des moyens de communication sociale dans l'Église catholique*, p. 16.
126 Dans l'Église primitive, le canon est encore celui du *corpus* vétérotestamentaire « interprété en fonction du Christ. » (Hans F. von Campehausen, *La formation de la Bible chrétienne*, p. 103. Cité dans E. Boudet, *op. cit.*, p. 18). Comme le précise E. Boudet, « ce n'est qu'après avoir reçu dans une tradition orale répétée et enseignée que les communautés ont fait un passage à une tradition écrite. » (*Ibid.*). Marcion propose pour sa part une théologie biblique différente, voire opposée à celle de l'Église. Il fait une distinction entre Dieu des chrétiens et le Dieu des juifs et de fait entre écrits canoniques chrétiens et juifs. « L'intuition de Marcion est celle de la nouveauté radicale de l'Évangile, de la Révélation du Christ. » (Hans F. von Campehausen, *op. cit.*, p. 144. Cité dans E. Boudet, *op. cit.*, p. 22). Origène, quant à lui, éminent membre et commentateur de l'Écriture de l'école d'Alexandrie, offre le premier essai d'une version critique de l'Ancien Testament. Mais son œuvre a fait l'objet de soupçon à cause l'arianisme, car Arius lui-même avait revendiqué la doctrine d'Origène comme une science venue de Dieu et comme la source de sa propre pensée. Justinien condamne les écrits d'Origène par un édit impérial de 543. Voir : E. Boudet, *op. cit.*, pp. 25-28 ; C. Pietri, « L'épanouissement du débat théologique et ses difficultés sous Constantin : Arius et le concile de Nicée », in *Histoire du Christianisme des origines à nos jours*, tome 2 : *Naissance d'une chrétienté (250-430)*, Paris, Desclée, 1995, pp. 256-257.

hérésies ou erreurs. »[127] Cependant, « ce n'est qu'avec l'apparition de nouveaux centres culturels qui donneront naissance aux universités que les institutions ecclésiastiques recommenceront à réclamer des statuts pour encadrer la diffusion des ouvrages. Plus tard, l'imprimerie sera la source d'une transformation radicale de la législation canonique jusqu'alors assez peu développée. »[128] La constitution apostolique *Inter multiplices* du Pape Innocent VIII salue l'invention de l'imprimerie, mais elle adopte également des normes visant à protéger la foi et les mœurs en encadrant l'activité des imprimeurs.[129] Quant à la constitution *Sicut ars impressoria* d'Alexandre VI, elle concerne spécifiquement « les imprimeurs des provinces allemandes de Cologne, Mayence, Trèves et Magdebourg […]. Le pape donne le pouvoir aux archevêques de ces provinces ecclésiastiques d'examiner et d'autoriser les livres. »[130] Les éditeurs pouvaient être frappés d'excommunication et les livres saisis et brulés, mais tout autre personne pouvait aussi être sanctionnée sur « le principe de la détention et de la lecture frauduleuse ».[131] La législation du Ve concile du Latran (douze sessions entre 1512 et 1517) s'est également portée sur le contrôle des imprimeurs.[132] Cette législation prévoyait l'institution de censeurs ainsi que l'approbation des écrits avant leur publication. En France et Allemagne, des circonstances historiques particulières liés au gallicanisme ou au mouvement de la réforme ont toutefois rendu difficile l'application des dispositions prévues dans cette législation. Avec l'*index,* seront établis divers recueils de livres prohibés en raison de leur contenu.[133]

---

127 E. Boudet, *op. cit.,* p. 28.
128 *Ibid.* Le 8 décembre 1275, un règlement sur les « stationnaires » (ou libraires) fut publié par le recteur et le conseil de l'université de Paris. L'université prend dès lors le contrôle du commerce des livres.
129 Cf. C. J. de Oliveira, « Le premier document pontifical sur la presse, la constitution *Inter multiplices* d'Innocent VIII », in *Revue des sciences philosophiques et théologiques,* tome 50, oct. 1966, pp. 628-643.
130 E. Boudet, *op. cit.,* pp. 33-34. Cf. A. Boudinhon, *La nouvelle législation de l'index,* Paris, Lethielleux, 2e éd. adaptée au code de droit canonique, 1924, pp. 45-49.
131 E. Boudet, *op. cit.,* p. 34.
132 Cf. Léon X, *Inter sollicitudines,* Bulle pontificale du 4 mai 1515, promulguée avec l'approbation du concile. Voir : G. Alberigo, *Les conciles œcuméniques,* tome II-1 : *Les décrets : de Nicée I à Latran V,* Paris, Cerf, 1994, p. 593.
133 Les fidèles devaient se garder de lire les livres prohibés dont la liste étaient rendue publique par l'*index.* « Ce sont les facultés de théologie qui commencent à publier des catalogues exerçant au service de l'Église mais aussi souvent au service du roi une véritable mission publique. » (E.

On le voit bien, ce que l'Église nomme en particulier, et ce jusqu'à l'Encyclique de Clément XIII, ce sont les livres. À ce moment, les médias dits de masse n'existent pas encore. Le livre était l'élément par excellence de la culture, mais surtout d'un certain pouvoir à la fois économique, intellectuel et même politique. La pensée trouve un prestige énorme à être diffusée à travers le livre. Il nous semble alors que l'Église, pour qui le *medium* du livre n'est pas étranger, avait compris, bien longtemps avant M. McLuhan, que le *medium* est aussi un message avant d'être vecteur d'un message. Il y a de plus une sérialité entre les deux qui fonctionne de telle manière qu'il peut nous arriver de ne retenir que le message qu'est le *medium* c'est-à-dire son prestige en tant que tel, alors que le message que le *medium* est censé véhiculer nous échappe. C'est ce que M. McLuhan a sans doute voulu mettre en avant dans *Pour comprendre les médias*[134] à partir d'une longue tentative d'explication de son énoncé « le message c'est le *medium* ». Selon l'auteur :

> Les effets d'un *medium* sur l'individu ou sur la société dépendent du changement d'échelle que produit chaque nouvelle technologie, chaque prolongement de nous-mêmes, dans notre vie. [...] C'est le *medium* qui façonne le mode et détermine l'échelle de l'activité et des relations des hommes.[135]

L'Église, quant à elle, est restée pendant longtemps la gardienne de la flamme culturelle que transmet le livre. À partir de l'invasion de l'occident par « les barbares », l'Église sera jusqu'au 12ᵉ siècle le lieu de la conservation des œuvres écrites. Les livres chrétiens ont eux-mêmes été condamnés à connaître le sort de la flamme suivant l'édit du 24 février 303 de l'Empereur

---

Boudet, *op. cit.*, p. 38). Mais bientôt, c'est au chancelier que le roi de France reconnaitra la compétence du contrôle des livres. À l'initiative du concile de Trente, une commission de 18 pères conciliaires avec l'aide d'experts théologiens dressa une liste de livres prohibés et adopta des normes sur le contrôle des livre. Le concile s'acheva avant d'avoir publié les résultats du travail de la commission et c'est le Pape Pie IV qui le fit 24 mars 1564 avec la promulgation de la Bulle *Dominici Gregis*. « Ces [dix] règles varieront très peu jusqu'à Léon XIII. » (*Ibid.*, p. 43).
134 M. McLuhan, *Pour comprendre les médias* (1964), traduit de l'anglais par Jean Paré, coll. Points, Paris, Mame/Seuil, 2015.
135 *Ibid.*, p. 25-27.

Dioclétien.[136] L'Église connait la valeur d'un tel patrimoine. Les monastères ont servi de lieux de conservation de ces sources et moyens du savoir grâce au *Scriptorium,* atelier de travail des moines copistes et relieurs. Les Universités vont partager cette responsabilité avec les monastères avant que le métier de libraire ne prenne de l'importance par le développement du commerce et de la bourgeoisie. Aux 14e et 15e siècles, le papier, produit à une échelle plus grande, sera plus largement utilisé. Des bibliothèques royales et des bibliothèques privées sont créées. Tout cela participe du contexte de ce que l'on peut enfin appeler la révolution du livre.

Si *Christianae reipublicae salus* a été d'un ton très amer envers les livres, Pie VI ne prendra nullement un ton différent. Toute la première moitié du 19e siècle sera marquée par cette attitude plutôt défavorable de l'Église envers les moyens de communication sociale. Dans *Mirari Vos* (1832), Grégoire XVI exprimera sa colère contre la désastreuse liberté de presse. Cependant, à partir de la deuxième moitié du siècle, le ton va se nuancer de plus en plus ; en témoigne l'encyclique *Etsi Nos* de Léon XIII (1882).

Dans les actes, l'Église figure parmi les plus anciens usagers des moyens de communication sociale durant toute notre ère. Dès le 4e siècle, elle organise ses archives, en particulier les bibliothèques vaticanes. Ce qui fait par exemple de la Chancellerie pontificale, l'un des premiers dicastères de la curie romaine. Avec l'inauguration en 1931 de *Radio Vatican,* l'Église traduit en actes encore plus concrets son intérêt pour ces moyens. À cette occasion, Pie XI avait évoqué en termes très élogieux l'ouvrage admirable de Guglielmo Marconi, ingénieur à qui a été confié le projet de construction de cette station de radio grâce à laquelle l'Église adresse à tous les peuples le message de la Bonne nouvelle.[137] Dans l'Encyclique *Sertum Laetitiae* de 1939, Pie XII, qui aura ouvert la voie « à une approche plus positive des

---

136 Cf. Lactance, *De mortibus persecutorum,* 13 ; Eusèbe, *Hist. Eccl.* VIII, 2, 4-5.
137 Cf. E. Henau, « Church and Media. Two Worlds ? », *op. cit.,* p. 54. À moins indication contraire, toutes les citations tirées de cette source sont traduites par nous à partir de l'original anglais.

médias »,[138] exaltera les nouvelles techniques de communication mettant en valeur l'opinion publique. Après avoir créé en 1948 la *Commission Pontificale pour le cinéma* dont les compétences se sont étendues en 1954 à la radio et à la télévision, Pie XII publie en 1957 *Miranda Prorsus* où il rend grâce à Dieu pour les médias considérés comme des « cadeaux de Dieu pour rendre l'homme capable d'assister aux manifestations les plus diverses de la vie sociale et culturelle à distance. »[139]

En 1959, Jean XXIII donne un caractère permanent à la Commission créée par son prédécesseur Pie XII en 1948. Si l'enseignement de Jean XXIII laissait, au début de son pontificat une impression d'ambiguïté,[140] ses initiatives ont pourtant traduit une attitude très positive envers les médias. En 1963, en s'adressant aux journalistes catholiques, le saint Pontife grâce à qui a été célébré le concile de Vatican II, décrivait la vision catholique de la presse comme celle d'un instrument apte à servir à la diffusion « d'une doctrine, de directives et d'informations fiables et en même temps [à] endiguer la vague d'une certaine mentalité malformée. »[141] Le ton a donc continuellement évolué jusqu'au concile et à la promulgation, à sa deuxième session, du décret *IM*. Ce décret, malgré ses limites, représente un tournant majeur dans l'enseignement et les rapports de l'Église avec les médias. Le décret note avec précision ce que les moyens de communication sociale permettent à l'Église d'apporter

---

138 *Ibid.*, p. 45.
139 *Ibid.*
140 Avec Jean XXIII, certains ont cru assister à un retour en arrière, car son Encyclique *Ad Petri Cathedram* du 29 juin 1959 fut destinée à un rappel de la nécessité d'une distinction entre la presse du mal et du mensonge et la presse du bien et de la vérité. Aux juristes catholiques en 1960, il déclare : « l'exercice de la liberté de presse impose des restrictions utiles ». Ainsi selon Ernest Henau, « la manière dont le Concile fut annoncé a été un test décisif des rapports de l'Église avec les médias. » (E. Henau, « Church and Media. Two Worlds ? », *op. cit.*, p. 45). Une Agence de Presse fut créée de telle sorte qu'on fournisse à la presse des informations utiles et véridiques aux dire du Cardinal Felici qui louait un an plus tard le « silence honorable » nécessaire au climat de travail des pères conciliaires. « En 1961 Jean XXIII a clarifié la question pour la Commission préparatoire du Concile : "Nous ne devrions rien garder qui puisse être utile aux âmes ", mais on devrait "s'abstenir des vaines nouveautés et des polémiques tranchantes" ». (*Ibid.*). Un an plus tard, l'Agence de presse (du Vatican) a reçu des prérogatives plus étendues de la part du Souverain Pontife afin de bien informer et suffisamment ceux qui suivaient le concile, avec une condition de restriction : l'exigence de discrétion.
141 *Ibid.*, p. 55.

au monde en contribuant « au délassement et à la culture de l'esprit, ainsi qu'à l'extension et à l'affermissement du règne de Dieu »[142] ; il établit les devoirs des uns et des autres par rapport à ces moyens : les usagers, les producteurs et les pouvoirs publics.[143] Le deuxième chapitre du décret ébauche une sorte de charte pour l'action pastorale de l'Église dans le domaine de la communication. On y perçoit un regard positif sur ce qui doit être fait à tous les niveaux de responsabilité. Ainsi, les utilisateurs de ces moyens de communication « tels le sel et la lumière, […] donneront saveur à la terre et éclaireront le monde »[144]. *IM* inaugure une nouvelle attitude dans l'Église eu égard à l'usage des moyens de communication sociale, mais sa lecture doit se faire à la lumière d'autres textes conciliaires.

Parmi ces autres textes conciliaires, *GS* reconnaît l'apport des nouveaux moyens de communication sociale dans « la connaissance des évènements et la diffusion extrêmement rapide et universelle des idées et des sentiments », de la culture en générale.[145] Au-delà de cela, l'Église reconnaît entre elle et le monde un enrichissement mutuel,[146] et les moyens de communication en sont, à notre sens, une des passerelles. La constitution pastorale considère le bénéfice de la culture dont participent les médias comme un droit.[147] S'intéressant aux jeunes Églises, *AG* affirme de son côté la nécessité que des axes y soient définis pour les moyens de communication sociale. Quant à *DH,* il est la réaffirmation du principe de respect des libertés par l'Église : liberté, entre autres, de communiquer son message par les moyens que met en œuvre le génie humain et de faire connaitre la vérité sur ce qui concerne l'homme et sa destinée.

En 1964, Paul VI crée la *Commission pontificale pour les Médias.* Par cet acte il étend les compétences de l'ancienne

---

142 IM 2.
143 IM 9-12.
144 IM 24.
145 GS 6, 3 ; 61, 3.
146 GS 42-44.
147 W. Lesch, « *Inter mirifica.* Un texte révélateur de problèmes communicationnels », *Revue théologique de Louvain,* 46, 2015, p. 188.

Commission pontificale pour le cinéma, la Radio et la Télévision. Parmi les actes de Paul VI, l'abolition de l'*Index* le 14 juin 1966 est un autre grand tournant de cet aspect de l'histoire contemporaine de l'Église.[148] Depuis 1963, le deuxième concile du Vatican a aussi généralisé l'initiative (alors déjà existant en Belgique) de la journée des communications sociales. L'importance des moyens de communication sociale est donc affirmée sans aucune forme d'ambiguïté, mais également sans enthousiasme naïf tel qu'on peut le voir dans les deux derniers documents majeurs de l'Église sur les médias : *Communio et progressio* (1971) et *Aetatis Novae* (1992). Ces deux textes ont assuré « le suivi du dossier des communications sociales qui a commencé dès après le concile. […] *Communio et progressio* de 1971 deviendra la véritable référence pour les démarches théoriques et pratiques ultérieures ».[149] Cette Instruction « développe des principes doctrinaux et des conseils pastoraux »[150] pour favoriser l'usage des moyens de communication sociale dans l'Église et par l'Église. *AN,* à l'occasion du vingtième anniversaire de *CP,* apporte quelques éléments nouveaux « à l'approche d'un nouvel âge, [où] les communications sociales connaissent une expansion considérable qui influence profondément les cultures de l'ensemble du monde. »[151] La nouvelle Instruction réaffirme après *CP* que l'âge nouveau est celui des communications sociales.[152]

Au regard de cette trajectoire, la conclusion d'Ernest Henau nous paraît d'autant plus juste, lorsque dans l'ouvrage collectif *Faith and Media,* il considère qu'une lecture des rapports de l'Église et des médias doit être celle d'une histoire ambivalente.

---

148 L'Index est une liste de livres qui ont été interdits par l'Autorité suprême de l'Église. La première fut publiée en 1559 par le Pape Paul IV à la demande de l'Inquisition puis mise à jour en 1564. En 1948, est publiée la vingtième et dernière liste de livres prohibés, car l'*Index* est aboli par Paul VI le 14 juin 1966. A la veille de la clôture du concile Vatican II le 7 décembre 1965, Paul VI publie une Lettre apostolique en forme de *motu proprio* (c'est-à-dire de sa propre initiative) intitulée *Integræ servandæ* par laquelle il réforme le Saint-Office dont il en retrace l'histoire pour situer sa réforme. La Congrégation pour la Doctrine de la foi remplace alors le Saint-Office. L'*Index des livres interdits* est supprimé.
149 W. Lesch, « *Inter mirifica.* Un texte révélateur de problèmes communicationnels », *art. cit.,* p. 188-189.
150 CP 3.
151 AN 1.
152 *Ibid.* Cf. CP 187.

2. Église, médias et confessionnalité en Haïti

Il existe une double distinction qui préside à la manière dont nous abordons cet aspect de la question des rapports entre Église et médias. La première distinction est celle entre acteurs confessants et acteurs non confessants, et la seconde celle entre médias confessionnels et médias non confessionnels. Dans les médias, interviennent sur les sujets religieux au moins deux catégories d'acteurs : les acteurs confessants et les acteurs non confessants. Les premiers parlent au nom du groupe religieux auquel ils appartiennent, et les seconds, au nom du *medium* pour lequel ils travaillent en suivant la ligne éditoriale de celui-ci. Mais les deux devraient le faire d'abord au nom de leur conscience, de leur liberté et dans la responsabilité. Les acteurs confessants interviennent soit directement dans les médias confessionnels en tant que journalistes ou non, soit sur invitation des journalistes ou de leur propre chef dans les médias non confessionnels. Souvent, leur discours public est simplement retransmis ou rapporté par des journalistes. Il peut s'agir, par exemple, de la prédication d'un ministre de culte ou de toute autre prise de parole ou action publique non préalablement destinée aux médias. Quant aux acteurs non confessants, croyants ou non ils n'interviennent pas au nom de leur adhésion religieuse, mais de leur profession.

La confessionnalité ou non des médias ne dépend pas de l'adhésion ou non des acteurs qui y interviennent. Nous entendons par médias non confessionnels ceux-là qui ne se réclament d'aucune confession religieuse et diffusent leurs contenus au regard d'exigences techniques et de normes éthiques dépourvues de tout caractère confessant. Les médias confessionnels partagent avec ceux-ci, l'idéal de respect des normes éthiques et des exigences techniques qui s'imposent à tous dans le domaine des communications sociales et surtout du journalisme. Mais ils assument aussi, par leur caractère propre, le fait de s'astreindre au respect des valeurs religieuses et évangéliques qu'ils véhiculent.

2.1. L'Église et les médias non confessionnels en Haïti

A. Les médias non confessionnels

Des traces dans la nature aux flux algorithmiques

Tout espace social structuré contient un certain nombre de médias. L'être humain ne peut être muselé dans son instinct en tant qu'être de communication. Par ailleurs, il a également soif de nouvelles. Cette soif est à l'origine de la naissance de l'information. L'île Quisqueya[153] connut en ce sens l'existence des médias avant même d'avoir été conquise et colonisée par les européens. Les Amérindiens avaient déjà leur propre système de transmission d'information d'un Caciquat à l'autre ou à l'intérieur même des royaumes aborigènes.[154] L'histoire des médias commence d'ailleurs avant les germes de la civilisation occidentale actuelle. Des marques ou des traces laissées dans la nature, des signaux optiques, acoustiques ou symboliques comme le drapeau du navire de Thésée qui a vaincu le Minotaure, tout cela participe d'un éventail de moyens de communication, avant que n'apparaissent d'autres formes de médias.[155] Depuis le début du 20e siècle par exemple, c'est la fumée blanche de la cheminée de la chapelle Sixtine qui annonce l'élection d'un nouveau Pape aux romains et au monde. Modèle binaire selon J.-N. Jeanneney, cette forme élémentaire de renseignement peut prêter à équivoque dans sa réception et son interprétation quand les signaux ne sont pas clairement marqués, mais approximatifs comme une fumée qui oscille entre le blanc et le noir ou un drapeau bleu mouillé par les vagues. Voilà pourquoi, certains systèmes, déjà dans l'antiquité chez les Grecs et aussi plus tard chez les Incas du Pérou, avaient préféré le canal de la transmission directe par la voix du héraut.

---

153 Autre nom d'Haïti aux temps des Taïnos. Mais là il s'agit de toute l'île.
154 Les Caciquats constituent les différents royaumes de la division administrative et politique de l'île avant l'arrivée des européens. Au nombre de cinq, ils avaient chacun à leur tête un chef appelé Cacique. Il s'agissait de la Magua dont le chef au moment de la Conquête fut Guarionex, du Marien de Guacanagary, de la Maguana de Caonabo, du Xaragua de Bohechio et du Higueuy de la princesse Hyguanama. Voir : T. Madiou, *Histoire d'Haïti*, tome 1, p. 2-4.
155 L'indication publique, pour J.-N. Jeanneney, c'est le *medium* le plus frustre qui fonctionne par la communication signalétique : « Une entaille dans un arbre, un caillou de couleur, une branche brisée [qui] signifient aux yeux des hommes ''primitifs'' l'approche de l'ennemie, ou bien que le gibier est passé par ici ou passera par là... » (J.-N. Jeanneney, *Une histoire des médias*, p. 24).

C'était le rôle du coureur athénien de Marathon[156] et des *chasquis* (coureurs à relais) de l'empire incas.[157] Sans oublier le rôle de l'*agora* et du *forum* dans l'antiquité gréco-romaine pour le débat public et la transmission d'informations.

De ce point de vue, l'arrivée de l'écriture dans notre civilisation fut déjà le grand tournant de l'histoire humaine. Sa contemporanéité avec la domestication des chevaux a permis « d'accroitre la vitesse de circulation des nouvelles ».[158] S'en suivirent : les « postes officielles » dans les empires perse, romain et byzantin comme dans « les monarchies hellénistiques », puis le passage à vide en occident depuis la fin de l'Empire en 476. La conquête musulmane a généralisé plus tard le recours au pigeon voyageur.[159] Arrivèrent ensuite la technique du cryptage de l'information, l'affichage, les nouvelles manuscrites, bien avant le long développement des moyens communication qui a suivi l'invention de l'imprimerie. Le génie humain pour communiquer et inventer des moyens pour le faire n'a presque pas de limite.

En Haïti, l'histoire de la presse comme forme rationnelle et stylisée d'utilisation des médias, a commencé avec la période coloniale. *Les Affaires de Saint-Domingue* paraissent de 1750 à 1754.[160] À la fin de la colonie, on a vu paraître *Le Moniteur Général de la partie française de Saint-Domingue* de 1791 à 1795, *Le Journal Officiel de Saint-Domingue* (1802) ou *La Gazette Officielle de Saint-Domingue* fondée en 1791 et qui a été encore éditée au Cap, probablement par Moreau de St-Méry vers 1804 et qui a changé de nom « après la reddition des forces françaises au

---

[156] Après avoir vaincu les perses, malgré leur infériorité numérique, à la bataille de Marathon le 13 septembre 490 Av. C., les grecs se sont faits devancés à Athènes par un messager. Celui-ci s'est rendu de Marathon jusqu'à l'Agora d'Athènes en parcourant 42 kilomètres de route et expira après y avoir transmis son message : « Nous avons gagné ». Un autre fut alors envoyé, d'Athènes à Sparte, solliciter de l'aide.
[157] Ces derniers mettaient dix jours pour parcourir les 2 400 kilomètres de la grande route dallée de Quito à Cuzco pour faire circuler des nouvelles transmises par le chef du puissant empire précolombien des Incas. Voir : Henri Favre, *Les Incas*, coll. « Que sais-je ? », Paris, PUF, 1972, 126 p.
[158] J.-N. Jeanneney, *op. cit.*, p. 26.
[159] *Ibid.*, p. 28
[160] Certains numéros de ses parutions peuvent encore être consultés à la bibliothèque du ministère de la Marine à Paris.

Cap ».[161] Ce journal est devenu d'abord *La Gazette du Cap* avant de prendre le nom de *Gazette politique et commerciale d'Haïti* le 15 novembre 1804. Parmi les Journaux existant encore en Haïti, les plus anciens sont *Le Moniteur*, journal officiel fondé en 1845, les quotidiens *Le nouvelliste* créé le 1er mai 1898 et *Le Matin* fondé le 1er avril 1907. On compte, entre autres, parmi les plus récents, *Haïti Liberté* (2007) et *Le National* (2015).

La radio et la télévision sont arrivées, par contre, plus récemment. *Télé Haïti*, inaugurée le 13 décembre 1959, est la première chaine de télévision inaugurée en Haïti, avant la création de la Télévision nationale le 23 décembre 1979 ainsi que d'autres qui sont arrivées bien plus tard. L'histoire du télévisuel est préfacée par celle de la radiodiffusion en Haïti qui remonte à la première moitié du 20e siècle avec la création de la HHK en 1926, qui a cessé d'émettre en 1937[162] ; celle de la HH2S le 1er mai 1935, première station privée d'Haïti ; puis celle de la HH3W et celle de la HHBM devenue MBC. Avec l'avènement du transistor, l'histoire de la radio en Haïti va connaitre un nouvel essor : augmentation du nombre de stations émettant sur les ondes hertziennes et renforcement de la posture d'influence du journaliste dans un contexte où la radio tend à faire de la communication médiatique un vrai phénomène de masse. Ce contexte coïncide avec le paradigme structuro-fonctionnaliste de la communication où le discours se comprend comme discours de masse et les médias comme instruments de séduction. L'histoire d'ensemble de la radiodiffusion connaît donc plusieurs période. Jusqu'en 1957[163], on est dans l'émergence de la radiodiffusion en Haïti (1926-1956). L'explosion du transistor (1957-1967) en ouvre la nouvelle ère. Le pays connait alors la création de plusieurs stations sous tutelle (1968-1977), inféodées donc au pouvoir. La période qui va de 1977 à 1985 est celle de « l'émergence de nouvelles stations » et la période de 1986 à aujourd'hui, celle de

---

161 M. Bissainthe, *Dictionnaire de bibliographie haïtienne*, p. 757.
162 Cf. V. Sérant, *Sauver l'information en Haïti*, p. 39. Concernant l'histoire de la télévision en Haïti, on peut consulter J. Lorquet, *Télévision haïtienne par câble et couleur locale. La télé Haïti*, mémoire de Licence, Faculté des Sciences Humaines, Université d'État d'Haïti, Septembre 1998.
163 1957 est l'année où débute en Haïti l'expérience du transistor.

la prolifération accentuée des médias.

Pléthorisation des médias

Selon une étude conjointe de l'UNESCO et de la FASCH, menée en 2016, il existait en Haïti 697 stations de radio en modulation de fréquence (FM), dont 350 fonctionnant illégalement. La CONATEL a pourtant été créé par le décret du 27 septembre 1969 en vue d'« exercer la direction et [la] réglementation des Télécommunications »[164] dans le pays. En tant qu'organisme d'État, elle reçoit la mission spécifique de réguler le fonctionnement des médias selon le décret du 12 octobre 1977. Le 30 juin 2017, elle a toutefois « accordé un moratoire sur l'octroi de concession d'exploitation de station de radio FM dans la zone métropolitaine. La non-prise en compte des médias communautaires par le dispositif légal sur le secteur des médias les réduit à un fonctionnement *de facto*. »[165] Du point de vue statistique, on observe une large expansion de la télévision dans le pays depuis les années 2000. Quant aux journaux, revues et magazines fonctionnant en Haïti, il est plutôt difficile d'obtenir leur nombre précis. Ils vont du petit feuillet de quelques pages conçu et imprimé avec la plus grande nonchalance au plus grand quotidien. On est en pleine invasion médiatique accentuée par les réseaux sociaux qui jouissent d'un certain vide juridique en matière cybernétique et d'utilisation responsable des nouvelles technologies.[166] Selon Jean-Marie Altéma, ancien directeur

---

164 Préambule décret portant création de la CONATEL, in *Le Moniteur,* 124ᵉ année, n° 105.
165 R. Lambert, « Une étude qui décortique l'environnement des médias en Haïti », *Le Nouvelliste* [en ligne], 23 novembre 2017, http://lenouvelliste.com/article/179167/une-etude-qui-decortique-lenvironnement-des-medias-en-haiti. Consulté le 3 mars 2018.
166 « Haïti est l'un des pays de la Caraïbe à ne pas être doté de cadre légal sur la cybercriminalité, confidentialité et protection des données. » (J. K. Argant, « Haïti trop exposée à la Cybercriminalité », in *Le National* [en ligne], tribune du 7 novembre 2017, http://www.lenational.org/haiti-exposee-a-cybercriminalite/. Consulté le 10 avril 2018). *In species,* il n'existe effectivement pas de normes, mais par équivalence fonctionnelle, ce qui concerne la responsabilité de l'auteur va au-delà de la matérialité et s'intéresse à la fonctionnalité d'un document. Voir à ce sujet : M. Phillips, *La preuve électronique au Québec,* Montréal, LexisNexis Canada Inc., 2010, 150 p. ; Cl. Fabien, « La preuve par document technologique », in *R.J.T.,* (2004) 38, p. 537-611 ; CAPRIOLI Éric A. et R. Sorieul, « Le commerce international électronique : vers l'émergence de règles juridiques transnationales », in *J. D. I.,* (1997) 2, p. 323-401 ; P. Trudel, « Notions nouvelles pour encadrer l'information à l'ère numérique : l'approche de la Loi concernant le cadre juridique des technologies de l'information », in *Revue du Notariat,* (2004) 106, p. 287-339.

de la CONATEL, plus de 2.8 millions de gens font en Haïti un usage régulier de l'internet en 2018. Plus de 1.2 millions d'entre eux sont des usagers de Facebook.[167] Parmi ces usagers des nouvelles technologies à travers les réseaux dits sociaux, certains en font bon usage d'autres non, et ceux-ci deviennent, parfois inconsciemment, des cybercriminels ou des « cyber-délinquants ». « La cybercriminalité fait référence aux activités criminelles qui s'effectuent via les technologies et de l'Internet et à travers le cyberespace. »[168] Voler des matériels ou des composantes informatiques ou diffuser des contenus illicites sur le réseau numérique sont des cyber-infractions.

En l'état actuel de sa législation, le droit haïtien ne permet de prendre en compte la cybercriminalité que par la notion d'immatérialité qui constitue la nature des contenus diffusés sur le cyberespace et par équivalence fonctionnelle. Selon l'analyse juridique de B. Chéry :

> L'idée d'immatérialité ne constitue pas une exclusivité du réseau Internet. […] Le droit haïtien évoque dans ses différentes dispositions (*civiles, commerciales, etc.*) des droits portant sur des choses incorporelles ou des biens immatériels : titres, actions, droits d'auteurs et droits voisins, brevets, dessins et *models*, marques, etc. Le régime juridique de la propriété intellectuelle donne une base légale à la protection des programmes conçus sur ordinateur (*décret-loi du 12 octobre 2005,* arts. 2 et 3), des brevets (*loi du 14/12/1922*), des marques de fabrique et de commerce (*décret du 28 août 1960*). L'adhésion d'Haïti à l'*Accord Général sur le Commerce des Services* (*ADPIC : art 10*) intègre dans la législation haïtienne l'obligation de protéger les œuvres numériques en tant qu'œuvres littéraires en vertu de la *Convention de Berne* (1971). Dans

---

167 Chiffres communiqué par M. Jean-Marie Altéma lors de sa participation à Paris le 11 février 2018 à l'émission *Divers-Cités* animée par M. Donel Saint-Juste tous les dimanches sur la télévision de la http://www.mission-meea.com/ et diffusée en direct sur : https://www.facebook.com/MISSIONEVANGELIQUE2017/videos/2039270582962963/).
168 M. Quemener, « Cybercriminalité : aspects stratégiques et juridiques », In *DNSC*, Paris : mai 2008, p. 24, cité dans B. Chéry, « Cybercriminalité, législation en Haïti : état des lieux et perspectives », *Haïti Juridique* [en ligne], 22 juillet 2009, http://haitijuridique.blogspot.fr/2009/07/cybercriminalite-legislation-en-haiti.html. Consulté le 10 avril 2018.

la constitution (*arts. 36-39*), la protection de la propriété concerne autant les biens matériels et qu'immatériels.[169]

Cette prise en compte permet ainsi de prévoir dans la droit pénal haïtien des sanctions contre les infractions touchant aux biens immatériels :

> Dans le domaine de la propriété intellectuelle toute violation d'un droit protégé constitue un acte de contrefaçon sanctionné par le Code pénal (arts.347-351/*C. pén.*). *Dans ce sens, la mise en circulation d'une œuvre contrefait sur le réseau Internet est punissable* (art.54/*décret-loi 12 oct. 2005*). Par application de la théorie d'équivalence fonctionnelle ce régime de sanction peut être étendue au nom de domaine en vertu de l'article 24 du code de commerce qui interdit aux tiers d'utiliser à l'identique un nom commercial ou d'employer une marque de fabrique dont les éléments constitutifs reproduisent tout ou partie essentielle d'un nom commercial enregistré ou déposé. D'un autre côté, les dispositions du code pénal (art. 337) permettent d'avancer que l'utilisation frauduleuse de numéro de carte bancaire en ligne (*phishing*) constitue une escroquerie puisqu'elle consiste à se faire passer pour le propriétaire de la carte en vue d'acheter ou vider son compte, etc. En résumé, les éléments constitutifs d'une diffamation (arts. 313 à 320/*C. pén.* ; arts.16, 18, 22 et 23/*décret-loi du 31 juillet 1986*), d'une escroquerie, ou d'une contrefaçon ne sont pas différents selon que l'acte est accompli par la voie traditionnelle ou par le biais des TIC.[170]

Ce cadre de fonctionnement des médias accuse certes un grand vide juridique *in species* à un moment où les titres liés aux métiers de la presse peuvent être usurpés par n'importe quel citoyen *Lambda*. Mais l'Église ne peut pas fuir le monde médiatique à cause de l'invasion favorisée par les nouvelles technologies. Elle doit trouver les méthodes les plus aptes à promouvoir les médias comme prouesses techniques et à y recourir comme moyens de

---
[169] B. Chéry, *op. cit*, s.p.
[170] *Ibid.*

communication.

B. L'Église dans les médias non confessionnels

Ni hostilités ni complaisance

La situation concordataire d'Haïti n'est pas sans incidences sur les rapports de l'Église avec les médias et sur le traitement du religieux dans les médias. C'est, en tout cas, ce qu'on pouvait surtout observer jusqu'à l'hypermédiatisation de la société avec ses conséquences sur l'exercice du métier de journalisme. La montée du sécularisme en est aussi un facteur déterminant. Nonobstant cela, il n'a pas existé d'hostilités entre l'Église et les médias en Haïti. Pendant longtemps, on pouvait affirmer que les enfants du pays sont quasiment des enfants de l'Église. Ils ont pour la plupart reçu le catéchisme, les sacrements d'initiation et même une instruction chrétienne. Certains auteurs, abordant la question du rôle de l'Église catholique dans la société, estiment que jusqu'à une période assez récente, « dans les faits, le clergé concordataire se charge de la question sociale et du contrôle de la culture et de l'éducation ».[171] Pour la plupart d'entre eux, les privilèges concordataires ont accordé à l'Église, au-delà d'une garantie de sa liberté d'apostolat et du libre exercice du culte, une place de religion dominante.[172] Il est vrai que la société haïtienne n'est jamais hostile à l'Église, mais l'idée d'une Église dominante est aujourd'hui dépassée. La morale chrétienne est plutôt une référence théorique pour beaucoup. Même en partageant les valeurs évangéliques et en adhérant au dogmes chrétiens, chacun reste libre dans sa conscience et dans son jugement. De fait, si

---

171 Lewis A. Clorméus « Haïti et le conflit des deux « France », *chrétiens et sociétés* [en ligne], 20 | 2013, http://journals.openedition.org/chretienssocietes/3543. Consulté le 10 avril 2018. Cf. L. Hurbon, *Religion et lien social. L'Église et l'État moderne en Haïti*, Paris, Cerf, 2004.
172 Voir W. Smarth, *Histoire de l'Église catholique d'Haïti 1492-2003 : des points de repères*, Port-au-Prince, Les éditions du CIFOR, 2015, p. 402. Voir : Concordat du 28 mars 1860 entre le Saint Siège et le Gouvernement d'Haïti ; Note additionnel au Concordat ; Réponse du Cardinal Antonelli à la Note additionnelle ; les Conventions organiques du 6 février 1861 et du 17 juin 1862 ; Convention entre le Saint Siège et la République d'Haïti sur les biens de l'Église et sur l'organisation et l'administration des Fabriques paroissiales du 25 janvier 1940 ; Décret du 16 février 1995 remettant en vigueur la Loi du 2 juillet 1920 concédant aux Spiritains les droits de l'État sur le terrain du Petit Séminaire Collège Saint-Martial, rapporté par le président F. Duvalier.

la contradiction avec l'Église ne s'exprime pas toujours dans les faits, elle l'est tout au moins et souvent dans la pensée intime des sujets et s'exprime de manière de plus en plus manifeste.

Le cas le plus illustre de pensée subversive à l'égard de l'Église dans les médias en Haïti est celui de Jacques Roumain (1907-1944). En effet, lorsque se déclenche la deuxième vague de la campagne anti-superstitieuse en Haïti, où le clergé breton pourchasse les adeptes du Vaudou avec l'aide du gouvernement, des voix s'élèvent et parmi elles celle de Jacques Roumain.[173] Dans diverses parutions du quotidien *Le Nouvelliste*, J. Roumain dénonce la campagne anti-superstitieuse avec un esprit scientifique très aiguisé, toutefois marqué du matérialisme historique propre au marxisme. Il entretenait ainsi une longue polémique par médias interposés avec le P. Froisset qui, lui, publiait ses articles dans les colonnes du mensuel catholique *La Phalange*.[174] En 1942, Roumain fait paraître *A propos de la campagne « anti-superstitieuse »* comme s'il s'agissait de faire un réquisitoire contre ce que beaucoup comprennent comme une persécution contre le Vaudou. Nous ne connaissons pas d'autres polémiques aussi animées et érudites entre un intellectuel non-croyant ou athée et un ecclésiastique dans l'histoire de la presse haïtienne. L'Église n'éprouvait donc aucune grande méfiance à l'égard des médias qui sont pourtant largement des médias non confessionnels.

Aujourd'hui encore, ces médias offrent pour la plupart un espace aux émissions religieuses dans leur programmation. Les émissions religieuses matinales animées par des prêtres ou des laïcs catholiques sont de plus en plus fréquentes. Nous pouvons citer en exemple : *Entretiens et sagesse matinale* sur radio Galaxie

---

[173] Cela se passe dans le contexte de la naissance du mouvement indigéniste vers 1927 dont certaines figures de proue sont : Jacques Roumain, Emile Roumer, Normil Sylvain ou un écrivain aussi remarquable que Jean Price Mars.
[174] Sur la polémique entre Roumain et le père Froisset, on peut voir : W. Smarth, *op. cit.*, vol. II, Annexe 8 ; J. Roumain, *Œuvres complètes*, édition établie par Léon-François Hoffmann, Collection Archivos, Madrid, ALLCA XX, 2003 ; Lewis A. Clorméus, *Entre l'État, les élites et les religions en Haïti : redécouvrir la campagne anti-superstitieuse de 1939-1942*, Thèse de doctorat, EHESS et UEH, 2012.

(104.5) animés jadis par le père Castel Germeil, *Les amis de la prière* de Evelyne Jean Félix sur radio Vision 2000, les émissions du GAPHENE fondé par le P. Dominique Brutus, enregistrées dans leur propre studio et diffusées sur plusieurs stations de la capitale haïtienne ou celles animées également sur diverses stations par différents membres du groupe *Solèy Lafwa* (le soleil de la foi) du renouveau charismatique. Il y a donc une grande majorité de stations de radio qui diffuse au petit jour des émissions religieuses chrétiennes, animées par des fidèles catholiques ou protestants. « À Port-au-Prince, quand on n'est pas réveillé à l'aube par les chants évangéliques des fanatiques qui occupent les coins de rue dès cinq heures du matin, écrit G. Férolus dans une publication assez polémique, c'est la radio et ses nombreuses émissions religieuses qui servent de réveille-matin. »[175]

Radio, télévision et presse (écrite) font aussi une large couverture des évènements ecclésiaux, de la messe au simple point de presse. La chaine 18 ou *Télé Ginen*, offre tous les matins dans sa programmation à compter de six heures, un espace de (ré)diffusion à la messe. À côté des émissions religieuses dont les contenus sont à mettre sur le compte de leurs animateurs, de rares journaux dont particulièrement le quotidien *Le Nouvelliste,* chargent un des leurs d'une rubrique dédiée aux questions religieuses. Ces cas font, par contre, exception à la règle. Reste à voir la manière dont les messages ou les contenus sont traités ou transmis. Il s'agit là de l'un des enjeux de la médiatisation du fait religieux, car la volonté d'obtenir l'exclusivité (*scoop*) de la diffusion d'une information à sensation l'emporte souvent sur la déontologie du travail journalistique.

Quand les faits deviennent informations

Les sciences cognitives ont cherché à « développer un concept d'information différent de ceux que nous fournissait soit le langage ordinaire, soit la théorie mathématique de la

---

[175] G. Férolus, *Haïti et la folie de Dieu*, EK 489-491.

communication, à savoir un concept naturaliste. »[176] Ce projet de nouvelle conceptualisation de l'information suppose que celle-ci est « d'emblée disponible et perceptible dans l'environnement. Elle constitue une "denrée objective". Elle ne requiert ni un agent cognitif, doté de connaissances et capable d'apprendre, ni un acte de communication ou de transmission de messages. »[177] Ce type d'information est caractérisée par la constance et la régularité des relations entre un élément x et un élément y. Entre les deux, un facteur de nécessité crée une corrélation, de telle sorte que x nous informe sur y. P. Grice appelle « signification naturelle » (*natural sense*)[178] cette indication que x donne sur y.

En communication médiatique, « l'information c'est le message ».[179] La neuvième édition du dictionnaire de l'Académie française a fait évoluer la définition de l'*information* d'une approche très juridique axée sur deux mots (« recherches et vérité »[180]) vers une définition plus large.

> La définition actuelle [de l'information] commence par un retour sur l'étymologie qui est loin d'être neutre, car la traduction du latin est faite avec les verbes « façonner, former, représenter, décrire » qui sont des verbes mettant en cause l'acteur dans la représentation cognitive, et enlève ainsi toute neutralité. La définition se décline en trois articles, le premier relatif à la philosophie aristotélicienne, le second à la collecte ou à la diffusion, et le troisième au Droit.[181]

Le deuxième article de la nouvelle définition de l'*information* par les Académiciens considère celle-ci « sous l'angle des médias ». Il s'agit « de porter des nouvelles à la connaissance du public, de faire part des évènements, des faits marquants de

---
176 Q. Louis, « Au juste, qu'est-ce que l'information ? », in *Réseaux*, volume 18, n° 100, 2000, *Communiquer à l'ère des réseaux*, p. 334.
177 *Ibid.*
178 Herbert P. Grice, « Meaning », in *The Philosophical Review*, Vol. 66, n° 3, Jul. 1957, p. 378.
179 D. Wolton, *op. cit.*, p. 11.
180 « Sur les onze lignes, huit ont trait aux aspects judiciaires. De plus, la relation se faisait de l'acteur vers l'objet. » (H. Burdin, « Souveraineté et information », in *Prospective et stratégie*, vol. 1, n° 1, 2010, p. 130). Consulter la définition de la 8e édition du Dictionnaire de l'Académie sur https://www.dictionnaire-academie.fr/article/A9I1218.
181 H. Burdin, « Souveraineté et information », *art. cit.*, p. 131-132.

l'actualité. »[182] Cette idée de l'information journalistique est née dès la fin du 18e siècle aux États-Unis avec ce que Mathew Arnold a appelé « le nouveau journalisme »[183]. Les nouvelles y trouvent une place prépondérante. Le journaliste reporter a dès lors pris de l'importance. C'est cette fin de siècle qui nous laissent d'ailleurs les noms comme ceux d'Albert Londres, d'Ernest Hemingway, de Lucien Bodard, de Joseph Kessel ou celui de Jack London. Par-delà ces considérations, comment penser le rapport entre le message comme information journalistique et le réel sur lequel il prétend nous informer ?

Une double posture

Une double posture fonde notre approche de l'information journalistique :

1) Nous adoptons une approche constructiviste, mais un constructivisme élémentaire.

La critique fondamentale de G. Gauthier à l'égard du constructivisme radical qu'il considère comme intenable en communication,[184] l'a amené à soutenir une « idée élémentaire de construction » qu'il n'a pas souhaité lui-même appeler constructivisme. Mais nous ne considérons pas que nous faisons autre chose en tirant de ces propres arguments la thèse du constructivisme élémentaire que nous adoptons. Dans l'un de ces articles paru en 2005 dans la revue *Communication*, G. Gauthier « propose une analyse ontologique du journalisme inspirée des travaux du philosophe John Searle qui, tout en étant foncièrement constructiviste, prend néanmoins le contre-pied du constructivisme radical. »[185] L'approche constructiviste du

---

182 « Information », in *Dictionnaire de l'Académie française*, 9e édition [en ligne], https://www.dictionnaire-academie.fr/article/A9I1218. Consulté le 8 février 2018.
183 Cf. L. Brake, « The Old Journalism and the New: Forms of Cultural Production in London in the 1880s », in *Subjugated Knowledges: Journalism, Gender and Literature in the Nineteenth Century*, p. 83.
184 G. Gauthier, « Le constructivisme est intenable en journalisme », in *Questions de communication*, 7 | 2005, p. 121-145.
185 G. Gauthier, « La réalité du journalisme », in *Communication* [en ligne], Vol. 23/2 | 2005, mis en ligne le 17 juin 2013, http://journals.openedition.org/communication/4120 ; DOI : 10.4000/communication.4120. Consulté le 8 février 2018.

journalisme que nous pourrions appeler le constructivisme dur est représenté par des chercheurs comme Bernard Delaforce, Grégory Derville, Christopher Dornan, Michael Novak ou encore Michael Schudson. Ce constructivisme dur nie la relation de l'information journalistique à une quelconque « réalité préexistante indépendante ». Pour G. Derville, très radical au même titre que M. Novak, « il n'existe tout simplement pas de "monde réel" à propos duquel on pourrait tenter d'être objectif. »[186] Chez P. Charaudeau, l'objectivité journalistique est contestée en raison de l'effet de filtre : « Il n'est pas de saisie de la réalité empirique qui ne passe par le filtre d'un point de vue particulier, lequel construit un objet particulier, donné pour un fragment de réel. Nous avons donc toujours affaire à du réel construit, dès que l'on essaye de rendre compte de cette réalité empirique et non à la réalité elle-même »[187].

G. Gauthier « tout en admettant que l'information est un objet construit », a cherché à « démontrer qu'elle est liée à la réalité. »[188] Sa thèse est donc celle selon laquelle « l'information est toujours construite, en dernière instance, à partir d'une réalité donnée et donc non construite. »[189] C'est donc l'information qui est construite et non la réalité à partir de laquelle elle l'est. Voilà ce que nous appelons pour notre part *constructivisme élémentaire*. « Une nouvelle n'est pas *sui-référentielle* : elle porte sur quelque chose d'autre qu'elle-même. La nouvelle est ainsi munie d'intentionnalité ».[190] Le fait journalistique n'est pas le fait brut, mais il y est relatif.[191] Le schéma que nous reproduisons ci-

---

186 G. Derville, « Le journaliste et ses contraintes », in *Les Cahiers du journalisme,* p. 153.
187 P. Charaudeau, *Le discours d'information médiatique : la construction du miroir social,* p. 145
188 G. Gauthier, « La réalité du journalisme », *art. cit.,* s.p.
189 *Ibid.*
190 *Ibid.* L'intentionnalité de l'information est à prendre au sens où l'entend J. Searle (1983) à savoir « la caractéristique de certaines entités de porter sur ou d'être dirigées vers des objets et états de choses. [...] Par extension, le terme désigne donc la capacité de certaines entités de représenter ce sur quoi elles portent, ce vers quoi elles sont dirigées. » (*Ibid.*)
191 G. Gauthier opère des distinctions à chaque étape son analyse, entre autres : distinction entre faits journalistiques (« états de choses donnant lieu à des nouvelles ») et nouvelles (« représentations informationnelles des faits journalistiques ») ; distinction entre faits journalistiques et « faits journalistiques bruts, c'est-à-dire la réalité indépendante du journalisme à partir de laquelle les nouvelles sont construites, le plus souvent par itération. » (*Ibid.*). Le fait journalistique est déjà le résultat d'un tri, d'une hiérarchisation qui permet de retenir parmi « l'ensemble de la réalité

après fournit une synthèse de la classification hiérarchique des faits par J. Searle.

Classification hiérarchique des faits, J. Searle, 1998, p. 159[192]

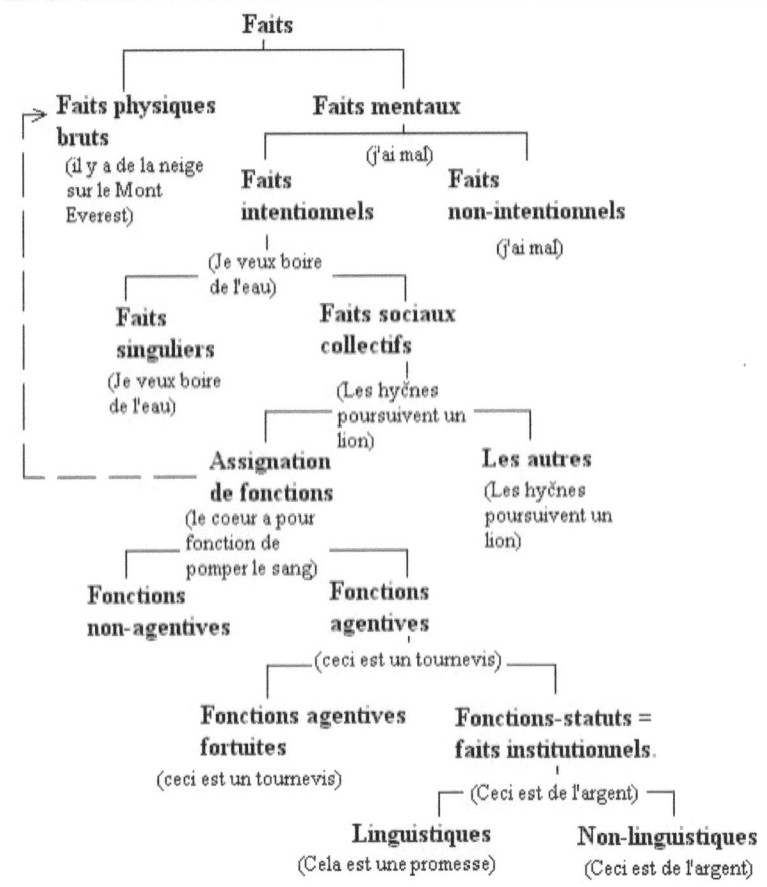

John R. Searle, 1998, p 159.

Un tableau de faits journalistiques analysés par G. Gauthier

---

préalable à l'information », les états de chose dont on fait des nouvelles.
192 Le schéma rapporté ici a été reproduit par Benjamin Grassineau dans *John Searle. la construction de la réalité sociale* [en ligne], 2005, https://testconso.typepad.com/files/john-searle.-la-construction-de-la-realite-sociale4.pdf. Consulté le 13 mars 2018.

montre que la plupart d'entre eux sont des faits intentionnels (194 sur 207). Plus de 90 % de la réalité journalistique sont donc constitués de représentations conclut G. Gauthier.

Retenons enfin que l'information journalistique est marquée d'une « altérité » par rapport au réel à partir duquel elle est construite. Ce qui ne veut pas dire qu'elle est fausse, mais que l'information a un statut logique tandis que le fait brut a un statut ontologique. Il n'y a donc pas d'adéquation au sens strict, mais une relativité entre les deux. *Non-adéquation* qui n'est liée ni à une omission ni à une déformation de la réalité. Elle se comprend selon le schéma suivant de G. Gauthier :

$$R (p)\text{------------------------}\text{ÉdC}$$

> R désigne la fonction représentative de la nouvelle ; (p), la proposition qui en constitue le contenu de représentation et ÉdC, l'état de choses sur lequel porte la nouvelle et dont (p) est la représentation. Le schéma fait bien voir la relation nécessaire de la nouvelle à un état de choses : il n'y a pas de nouvelle sans état de choses. Une nouvelle consiste à présenter comme étant actualisé un état de choses (suivant une modalité ou une autre). Que l'état de choses soit effectivement réalisé n'est pas, sur le plan logique du schéma, important. Le point crucial est que la nouvelle implique l'état de choses. L'état de choses est une présupposition de la nouvelle : sous peine de ne plus en avoir le statut, une nouvelle ne peut disconvenir porter sur un état de choses.[193]

Ainsi faut-il tenir la nouvelle ou l'information comme un forme logique, une instance propositionnelle et non factuelle. L'élément factuel garde son essence comme réalisation d'un état de choses. La nouvelle est construite parce qu'elle n'est pas *sui*

---

[193] *Ibid.* Il n'est pas opportun pour nous d'entrer ici dans le débat que pourrait susciter la distinction entre pensées (*Gedanken*) et représentations (*Vorstellungen*) chez Gottlob Frege. Chez Frege en effet, c'est la pensée et non la représentation qui renvoie à un état de chose. La représentation, elle, renvoie à un objet, « lequel est propre à chaque porteur de la représentation et dépendant, par conséquent, de chaque représentation subjective singulière. » (J.-M. Ferry, *Philosophie de la communication : 1. De l'antinomie de la vérité à la fondation ultime de la raison*, p. 10).

generis, c'est une expression, une proposition relative à un fait. Il y a autant de possibilité pour le langage de réaliser (p) qu'il y a de médias ou même de journalistes, mais (p) ne modifie pas ÉdC. Au contraire, la proposition (p) parce qu'il correspond à ÉdC à un instant (t°) doit parfois être substituer par (p1) dès lors que ÉdC a évolué à un instant (t1). « Il y a bel et bien construction en journalisme […]. La construction journalistique n'est pas libre et désordonnée au sens où elle est toujours relative à une réalité à la fois visée et présupposée. Il y a une dépendance formelle de l'information à ce qui est pour elle réalité. »[194] C'est en gardant à l'esprit ces nuances importantes que nous examinerons *infra* comme cas d'espèce une dépêche de la HPN.

2) Notre analyse assume la contestation de l'unicité du sujet parlant que l'on doit au Cercle de Bakhtine et à Oswald Ducrot.[195]

L'analyse de la dépêche de la HPN que nous effectuerons plus loin renvoie au caractère dialogique de tout discours. Nous partons du présupposé qu'à travers la dépêche comme discours informatif, il y a outre l'agence de presse qui énonce un contenu discursif, d'autres sujets, absents du contexte de communication comme « situation *réelle, référentielle* »[196], qui participent du contexte d'énonciation en tant que « non-personne » selon la théorie d'E. Benveniste ou troisième personne selon la tradition grammaticale. Si O. Ducrot reste critique à l'égard d'E. Benveniste sur la question du sujet parlant, ils partagent ensemble la perspective pragmatique dans laquelle nous nous situons : la *pragmatique intégrée* selon laquelle « étudier le sens d'un énoncé, c'est accéder à son contenu descriptif, mais également au

---

194 G. Gauthier, « La réalité du journalisme », *op. cit.,* s.p.
195 À Mikhail Bakhtine, précurseur Russe de la sociolinguistique, « revient la paternité des travaux sur le dialogisme » (N. Garric et F. Calas, *Introduction à la pragmatique,* p. 107). En France, « Oswald Ducrot développe une critique importante de la théorie d'Émile Benveniste en contestant l'unicité du sujet parlant […] C'est la thèse d'une polyphonie énonciative. » (*Ibid.*, p. 113). À propos des chercheurs qui se sont réunis autour de Bakhtine, certains préfèrent parler des Cercles de Bakhtine, car « ce sont en fait plusieurs cercles, disent-ils, qui se réunirent autour de lui en plusieurs lieu et à différents moments de sa vie. » (K. Clark et H. Michael, « Les Cercles de Bakhtine », in *Esprit (1940-),* n° 91/92 (7/8), 1984, p. 120).
196 C. Calame, *Le Récit en Grèce ancienne. Énonciations et représentations de poètes,* p. 20.

sens véhiculé par sa relation avec ses utilisateurs. »[197] Par ailleurs, notre cas d'espèce crée au moins un moment de rupture entre ces deux sens : le sens descriptif tel qu'il peut être mis en lumière par une interprétation littérale du texte et le sens relatif que propose l'analyse pragmatique qui met l'accent « sur la contextualité radicale du sens »[198].

Le prétexte d'une dépêche

Une dépêche est un lieu d'énonciation, « un texte émanant d'une agence de presse qui peut être publié tel quel »[199] par des journaux. D'une rédaction brève, elle vise une diffusion rapide dans un temps aussi proche que possible de l'évènement qu'elle rapporte en reprenant souvent en synthèse des notes officielles. Tout cela donne à la dépêche son indiscutable interdiscursivité. Celle de l'agence haïtienne HPN reprise par *Le Nouvelliste* rapporte l'information du décès de Mgr Léonard Pétion Laroche, ancien Évêque du diocèse de Hinche. L'analyse de cette dépêche révèle des lieux de « conflits interdiscursifs » ou de rupture avec le cadre référentiel de l'information journalistique construite en tant que forme logique ou récit d'un fait religieux.

Le contenu livré par la dépêche n'est pas en tout point conforme au schéma R(p) ------- ÉdC. Dans sa dimension discursive, il ne traduit donc pas exactement à travers tous ces énoncés, ce que la troisième personne a voulu communiquer.

---

[197] N. Garric et F. Calas, *op. cit.*, p. 7.
[198] D. Maingueneau, « Situation d'énonciation, situation de communication », in Carme Figuerola, Montserrat Parra, Pere Solà (eds.), *La lingüística francesa en el nuevo milenio*, Sant Salvador, Milenio, 2002, p. 11-19.
[199] « Dépêche », in *Dictionnaire de la presse, du journalisme, des médias et de la typographie* [en ligne], http://www.dico-presse.com/D%E9p%EAche.html. Consulté le 24 mars 2018.

Décès de Mgr Laroche, l'Eglise catholique en deuil

La Conférence épiscopale d'Haïti a annoncé la mort le 14 juin 2006 de Monseigneur Léonard Pétion Laroche à l'âge de 88 ans. Il était hospitalisé à Saint François de Sales de Port-au-Prince.

Publié le 2006-06-20 | Le Nouvelliste

National -

Originaire de La Vallée de Jacmel, Léonard Pétion Laroche était issu d'une famille de 10 enfants dont 4, lui et 3 filles, devinrent religieux, a indiqué la Conférence épiscopale. Il a été ordonné prêtre le 11 juillet 1943 à l'âge de vingt-quatre ans. Le Père Laroche a été vicaire dans les paroisses de Petit-Goâve et de l'Arcahaie. Il était curé fondateur de la Paroisse de l'Immaculée Conception de Fonds-Baptiste, dans la chaîne des Matheux, puis curé de la paroisse du Sacré Cœur de Turgeau à Port-au-Prince de 1963 à 1973. Directeur du Grand séminaire Notre-Dame d'Haïti dans les années 70, Père Laroche avait créé la section de Philosophie du Grand Séminaire dans la région de la Plaine du Cul-de-Sac et impliqué des laïcs dans la formation des prêtres, avec la fondation de la Fraternité du Grand Séminaire. Il a été nommé Evêque de Hinche le 22 mai 1982 par le Pape Jean-Paul II. Il a occupé cette fonction jusqu'au 30 juin 1998, date à laquelle il avait présenté sa démission au Saint-Père. Il avait alors 79 ans. En plus de la fonction d'Evêque du diocèse de Hinche, Mgr Léonard Pétion Laroche avait occupé aussi celle de Président de la Conférence Episcopale d'Haïti. Les funérailles de Mgr Léonard Pétion Laroche seront célébrées en l'église du Sacré-Cœur de Turgeau le mercredi 21 juin 2006 à 7 : 00 AM. L'inhumation se fera le même jour dans la Cathédrale de l'Immaculée Conception de Hinche, que Mgr Laroche avait construite durant son Episcopat.

HPN Auteur

Le 20 juin 2006 – six jours après l'annonce du décès de Mgr Léonard Pétion Laroche par la CEH – *Le Nouvelliste* publie l'information dans ses colonnes à travers un titre paru dans une dépêche de HPN : « Décès de Mgr Laroche, l'Église catholique en deuil ». Si nous nous arrêtons à l'énoncé principal, R(p) est absolument conforme à ÉdC. Mais, à l'ère du numérique où une nouvelle peut être reçue en tout lieu de la planète à l'instant où elle est diffusée, nous estimons qu'il est très important que les informations secondaires soient considérées avec le même sérieux que l'information principale.

En effet, la dépêche note au passage que Mgr Laroche « a été nommé Évêque de Hinche le 22 mai 1982 par le Pape Jean-Paul II. Il a occupé cette fonction jusqu'au 30 juin 1998, date à laquelle il avait présenté sa démission au Saint-Père. Il avait alors 79 ans. » Considérons comme (p') cette nouvelle proposition de la dépêche. La date mentionnée dans (p') est de préférence celle de l'acceptation de la démission de l'Évêque et de la nomination d'un nouvel Évêque (Mgr Louis Kébreau) au siège déclaré vacant par cette acceptation. Si tant est que (p') constitue un énoncé relatif (Rp'), sa relation avec Edc est faussée quelque part, à moins que la réalité ou le fait enfreigne en soi une norme. Comment expliquer cette nuance qui éloignerait tant le fait journalistique du fait censé être le fait brut ?

Selon la disposition du canon 401 §1 du code de droit canonique de 1983 : « L'Évêque diocésain qui a atteint soixante-quinze ans accomplis est prié de présenter la renonciation à son office au Pontife Suprême qui y pourvoira après examen de toutes les circonstances. » Cette disposition tient sa source dans le décret conciliaire sur la charge pastorale des Évêques *Christus Dominus* en son numéro 21 qui met en lien de causalité cette renonciation et la haute importance ainsi que la gravité de la charge pastorale des Évêques.

Bien que le texte conciliaire et le code de droit canonique utilisent tous les deux le terme renonciation (*renuntiationem ab officio*), la doctrine en droit canonique, pour maintenir la distinction entre la renonciation des Évêques diocésains et celle du Pontife suprême, réservent le terme d'abdication à la renonciation du Pape, en utilisant, pour parler de la renonciation d'un Évêque, le terme de démission.[200] Le verbe *resignare* dénote, à propos du Souverain Pontife, un certain pouvoir qu'a

---

200 Dans l'histoire de l'Église, lorsque Celestin V renonça à l'office pontifical, c'est Boniface VIII qui lui succède le 24 décembre 1294. Au cœur des polémiques théologiques et canoniques suscitées par l'accession au siège de Pierre de Boniface VIII, ce dernier a lui-même confirmé ce droit qu'a le Pape de renoncer librement à sa charge en affirmant : *Romanum Pontificem posse libere resignare* (Le Pontife romain peut librement renoncer. Cf. C. Burgun, « Une « renonciation » plutôt qu'une démission : un acte courageux ! », in *Libres propos...* [en ligne], http://www.cedric.burgun.eu/une-abdication-plutot-quune-demission-un-acte-courageux/. Consulté le 18 février 2018). « Boniface VIII insérera dans le *Sexte*, promulgué en 1298, un témoignage » sur la juridicité de la renonciation au pontificat suprême (J. Leclercq, « La renonciation de Célestin V et l'opinion théologique en France du vivant de Boniface VIII », *Revue d'histoire de l'Église de France*, vol. 25, n° 107, 1939, p. 189). Voir : Sextus liber Decretalium, lib. I, tit. VII, cap. 1 « Quoniam » (edit. Friedberg, col. 971). Le cardinal Jean Lemoine, dans son *Apparatus in Sexto*, connu à Paris dès 1301, justifie le droit du Pape à la renonciation par des affirmations juridiques et des analogies avec le droit romain (édit. de Venise, 1585, fol. 114 v°).

ce dernier « de rompre le sceau »[201] de son alliance avec l'Église qu'il gouverne.[202] Par ailleurs, l'Évêque, lui, remet sa démission entre les mains du Souverain Pontife qui peut l'accepter immédiatement ou non. Et dans le cas où cette démission n'est pas acceptée, l'Évêque en question reste encore en poste. L'âge canonique de la renonciation a été fixé à 75 ans par Paul VI dans *Ecclesiae sanctae,* un *motu proprio* qu'il publia le 6 août 1966. Il trancha ainsi les débats suscités déjà au cœur du concile autour de cette question ainsi que sur le statut des Évêques qui n'ont plus de siège après leur renonciation. « La démission d'un Évêque était un évènement rare avant le concile de Vatican II, car l'exercice de la charge épiscopale n'était pas limité dans le temps. Pratiquement, les Évêques restaient en fonction jusqu'à leur mort. »[203] Contrairement à l'acte de renonciation du Souverain

---

201 F. Gaffiot, « Resigno », *Dictionnaire latin-francais,* p. 644.
202 Windsor Fanning atteste de ce sens applicable à l'emploi du verbe *resignare* par Boniface VIII dans le Sexte en écrivant : Les raisons qui font qu'il est licite pour un évêque d'abdiquer son siège, telles que la nécessité ou l'utilité de son Église particulière, ou le salut de son âme, s'appliquent d'une manière plus forte à celui qui gouverne l'Église universelle. Il est vrai que le Pontife romain n'a aucun supérieur sur la terre entre les mains duquel il peut renoncer à sa dignité, mais lui-même par la puissance papale peut dissoudre le mariage spirituel entre lui et l'Église romaine. Une Abdication papale faite sans cause peut être illicite, mais elle est incontestablement valide, puisqu'il n'y a personne qui puisse l'interdire ecclésiastiquement sans contrevenir à la loi divine. La papauté n'imprime pas, comme l'épiscopat, un caractère indélébile dans l'âme, et par conséquent, par son abdication volontaire, le Pape est dépouillé de toute juridiction, de même que par son acceptation volontaire de l'élection à la primauté, il l'a acquise. Tous les doutes sur la légitimité des abdications papales et toutes les disputes entre canonistes ont pris fin avec le décret du Pape Boniface VIII qui a été reçu dans le Corpus Juris Canonici (Cap. Quoniam I, de renun., in 6) » (W. Fanning, « Abdication », The Catholic Encyclopedia. An International Work of Reference [en ligne], Robert Appleton Company, New York, 1913, https://en.wikisource.org/wiki/Catholic_Encyclopedia_(1913)/Abdication. Consulté le 5 mai 2018). Nous avons traduit nous-même le texte source qui est en anglais.
203 R. Metz, « Une innovation dans le statut des évêques démissionnaires ? » in Revue des Sciences Religieuses, p. 349. Selon R. Metz : « L'ancien droit canonique était hostile aux démissions forcées ; il répugnait spécialement à l'idée d'une démission imposée pour motif de maladie. Des raisons humanitaires avaient guidé essentiellement les anciens canonistes. Au lieu de forcer un prêtre ou un évêque malade à résigner son poste, on devait lui adjoindre un auxiliaire ou un coadjuteur pour subvenir aux besoins du ministère, car c'était l'unique façon de lui assurer les moyens de vivre dans l'économie de l'époque ; voir, à ce sujet, les décrétales de Lucius III (1181-1185), d'Innocent III (1198-1216), d'Honorius III (1216-1227), dans *Décrétales de Grégoire IX,* liv. 3, tit 6, chap. 3, 5 et 6. On ne peut comprendre les dispositions de l'ancien droit qu'en les replaçant dans le cadre du droit bénéficial de l'époque, conditionné lui-même par le régime économique du moyen âge. Le contexte économique de l'époque moderne ne justifie plus les dispositions de l'ancien droit au même point qu'autrefois. Un autre élément fort important fut mis en avant pour justifier l'attache perpétuelle d'un évêque à son siège : ce fut le symbolisme du mariage. On concevait l'union de l'évêque et de son diocèse à la manière de l'union matrimoniale. Or une des propriétés fondamentales du lien matrimonial est l'indissolubilité. » (*Ibid.*)

pontife, dite abdication, celle de l'Évêque diocésain, appartenant à un collège qui « n'existe pas sans sa tête »,[204] « ne produit pas d'effets *ipso iure* ; il revient au Pontife romain de l'accepter ou non, après avoir examiné toutes circonstances. »[205]

Ce raisonnement fournit une justification canonique et logique au fait que Mgr Laroche a quitté son office d'Évêque diocésain de Hinche à 79 ans, à moins qu'il ait choisi d'aller à l'encontre de la norme du canon 401 §1. Autrement, un Évêque diocésain ne peut pas renoncer à son office à 79 ans en prorogeant de lui-même la durée de son office. Dès qu'il a l'âge accompli de 75 ans, il est prié de le faire. Bien qu'aucun terme d'obligation ne soit employé dans la rédaction de la norme, mais s'il arrivait qu'un Évêque refuse de renoncer à l'office d'Évêque diocésain au-delà de 75 ans sans la volonté explicite du Siège apostolique, il ne poserait aucun acte de gouvernement licite à la tête de cette Église. Car la communion avec l'Évêque de Rome est nécessaire pour diriger une Église particulière en dehors de toute volonté de schisme. En réalité, la vacance du siège épiscopal est déclarée non à partir du moment où l'Évêque présente sa démission ou sa renonciation à l'office au Siège apostolique, mais seulement à partir du moment où cette renonciation est acceptée par l'instance suprême de l'Église c'est-à-dire le Pontife romain, car c'est à ce moment-là que l'Évêque diocésain est autorisé à quitter son siège pour la retraite. Il faut donc ajouter à (p') une autre modalité pour la rendre conforme à ÉdC : le 30 juin 1998 doit alors être rapporté comme la « date à laquelle *la démission de l'Évêque a été acceptée par* Saint-Père. Il avait alors 79 ans. »

Nous aurions pu aussi noter, au regard du schéma R(p)-----ÉdC, d'autres exigences de conformité non accomplies par la dépêche. Les informations concernant les responsabilités exercées par l'Évêque pouvaient, par exemple, être obtenues et rapportées sans impropriété de termes grâce à une enquête préalable auprès

---

204 Concile Vatican II, "Nota explicativa prævia".
205 Commentaire du canon 401 par J. L. Gutiérrez, in *Code de droit canonique, bilingue et annoté*, coll. Gratianus, Montréal, éd. Wilson et Lafleur, 1999.

de personnes ressources.²⁰⁶ *In fine,* tout cela met en évidence l'exigence du journalisme spécialisé pour une communication plus efficace des contenus proposés par les médias. Ce dont souffrent la quasi-totalité des médias haïtiens. L'improvisation devient donc la règle dans presque tous les médias lorsqu'il s'agit de traiter de certains domaines qui exigent nécessairement une maitrise des références théoriques. Ceux qui abordent les questions religieuses dans les médias le font avec le postulat que croyances et opinions sont logées à la même enseigne, et cela fait la part belle à la confusion. Le religieux est banalisé et souvent traité avec légèreté intellectuelle. Le cas ici analysé pourrait passer inaperçu parce qu'il ne s'agit pas d'une erreur monstre ni d'une insertion qui viserait à nuire. Mais c'est justement parce qu'*à priori* anodin que le prendre en exemple ne suppose aucune controverse ni polémique.

2.2. Les médias confessionnels en Haïti

Tels qu'énumérés par *IM*, l'Église a recourt à tous les types de médias pour exercer sa mission : l'imprimé, la radio, la télévision et tant d'autres moyens de communication sociale en vogue à l'ère du multimédia et des nouvelles technologies. Le Pape dispose désormais de son propre compte *twitter* ; les documents officiels qu'il promulgue sont presque tous disponibles sur le site internet officiel du Saint Siège *www.vatican.va* ; le 22 novembre 2001, le Pape Jean-Paul II avait envoyé l'exhortation apostolique *Ecclesia in Oceania* à des milliers de fidèles océaniens par courrier électronique ; certains diocèses emploient aujourd'hui les services des plus compétents spécialistes et d'excellents ingénieurs en informatique pour faire fonctionner leur service de communication. Il y a derrière tout cela, la conscience que si l'Église se met en marge de cette société de communication, elle risque, ce faisant, de priver une bonne partie du monde du message de l'Évangile. Dans la lettre encyclique *Miranda prorsus,* Pie XII écrit à propos des motifs de l'intérêt de l'Église pour les moyens

---

206 Mgr Léonard Pétion Laroche n'a pas créé par exemple la section de philosophie du Grand Séminaire, mais il en a reçu la charge lorsque celle-ci a été séparée de la théologie.

de communication sociale :

> [L'Église] a elle-même, pour des motifs plus impérieux que tous les autres, un message à transmettre aux hommes, le message du salut éternel, message d'une richesse et d'une force incomparables, message enfin que les hommes de toute nation et de toute époque doivent recevoir et accepter selon les paroles de l'Apôtre des nations : « À moi, le plus petit de tous les saints a été confiée cette grâce d'annoncer aux Gentils les insondables richesses du Christ et de montrer à tous le développement du mystère enfermé depuis l'origine en Dieu qui a tout créé ».[207]

Dans son message pour la XXIIIe journée mondiale des communications sociales, le Pape Jean-Paul II s'est intéressé pour sa part à « la religion dans les mass média ».[208] Il laissait alors entendre que la présence de l'Église dans les médias est liée à la nécessité pour elle de participer au dialogue public. Le CPCS a réaffirmé à la suite du Pape l'enjeu du débat public pour l'institution ecclésiale en rappelant ce qu'elle y apporte :

> L'Église apporte de nombreuses contributions à ce débat. Elle apporte une longue tradition de sagesse morale, enracinée dans la révélation divine et la réflexion humaine (cf. Pape Jean-Paul II, *Fides et ratio*, nn. 36-48). Une partie de cela est un ensemble important et croissant d'enseignement social, dont l'orientation théologique est un ajustement important de la « solution «athée», qui prive l'homme de l'une de ses composantes fondamentales, la composante spirituelle, et pour les solutions inspirées par la permissivité et l'esprit de consommation, qui sous divers prétextes, cherchent à le convaincre de son indépendance par rapport à Dieu et à toute loi » (Pape Jean-Paul II, *Centesimus annus*, n. 55). Plus qu'émettre

---
207 Pie XII, *Miranda prorsus*, Lettre encyclique du 8 septembre 1957 [en ligne], http://w2.vatican.va/content/pius-xii/fr/encyclicals/documents/hf_p-xii_enc_08091957_miranda-prorsus.html. Consulté le 20 février 2018.
208 Jean-Paul II, « La religion dans les mass média », Message pour la XXIIIe journée mondiale des communications sociales [en ligne], 7 mai 1989, https://w2.vatican.va/content/john-paul-ii/fr/messages/communications/documents/hf_jp-ii_mes_24011989_world-communications-day.html. Consulté le 12 avril 2018.

de simples jugements, cette tradition s'offre elle-même au service des médias. [...] L'Église apporte également une autre contribution au débat. Sa contribution spécifique dans les affaires humaines, y compris dans le monde des communications sociales, est « justement celle de sa conception de la dignité de la personne qui apparait en toute plénitude dans le mystère du Verbe incarné (*Centesimus annus*, n. 47).[209]

L'Église affirme ainsi son droit légitime et sa responsabilité à intervenir dans les débats publics, tant à travers les médias non confessionnels comme à travers ses propres médias. En Haïti, cela passe par de multiples voies : les moyens ordinaires de la prédication, des émissions radio et télédiffusées, des messages de Noël et de Pâques de la CEH ; ainsi que les moyens extraordinaires à travers des notes par lesquelles les Évêques réaffirment en différentes circonstances l'enseignement de l'Église sur la dignité humaine, les droits inaliénables qui en découlent et la nécessité de travailler au bien-être de chacune des personnes humaines et au bien de toute la création confiée à notre lieutenance, à travers des plateformes de dialogue avec les autorités de la société civile et d'autres personnes morales ou juridiques privées. Il existe, à cet effet, des médias catholiques dès la fin du 19ᵉ siècle. Le premier que nous avons pu recenser grâce au *Dictionnaire de bibliographie haïtienne* de Max Bissainthe est le *Bulletin religieux d'Haïti,* mensuel du clergé catholique, fondé avec l'Abbé Ruscher en 1871, qui a continué à paraitre jusqu'en 1924, et fut remplacé par le *Bulletin de la quinzaine*.[210]

Dans le secteur religieux en Haïti, l'histoire de la radiodiffusion remonte à la 4VEH créée en 1950 et qui émet aujourd'hui à la fois en modulation d'amplitude (AM) et en modulation de fréquence.[211] *Radio Lumière* l'a suivie en 1958. V. Sérant observe que « l'ère de l'explosion du transistor en Haïti (1957-1967) a

---

209 CPCS, Éthique dans les communications sociales, n° 5.
210 Voir : Annexes : Tableaux des médias catholiques selon l'ordre chronologique. Cf. M. Bissainthe, *Dictionnaire de bibliographie haïtienne*, Washington, The Sacre crow Press, 1951. Le *Dictionnaire* de M. Bissainthe n'étant pas à jour et aucune mise à jour n'ayant été envisagée jusqu'à ce jour, il a fallu glaner partout pour compléter la liste.
211 Cf. Lien : https://radio4veh.org/fr/notre-ministere/.

coïncidé avec le renforcement du dynamisme des premières stations confessionnelles. Celles-ci ont tout de suite vu et mis à profit les énormes avantages stratégiques de la multiplication des postes à transistor dans le pays. »[212]

L'Église catholique signe son entrée dans le monde de la radiodiffusion en Haïti au tout début de la seconde moitié du 20e siècle avec la création en 1953 de *Voix Ave Maria* par Mgr Albert François Cousineau dans le diocèse du Cap-Haïtien. Au nombre des autres stations de radio catholiques créées à la suite de *Voix Ave Maria*, on compte aujourd'hui : Radio *Men kontre* (1974) du diocèse des Cayes ; *Radio Soleil* (avril 1978), station interdiocésaine fondée par la CEH, appartenant à l'archidiocèse de Port-au-Prince depuis sa réouverture après le coup d'État de 1991. Celle-ci a vécu plusieurs périodes troubles qui ont fait évolué son statut. Ainsi, du bâtiment du Petit Séminaire collège de saint Martial d'où elle émettait à celui de l'Archevêché de Port-au-Prince, elle fonctionnait selon un statut ambigu entre la tutelle de la CEH et celle de l'Archidiocèse. Ce statut s'est clarifié seulement avec sa réouverture par Mgr Joseph Serge Miot le 30 mars 2000, tâche que l'Archevêque avait confiée au père Patrick Aris. *Radio Soleil* est alors devenue « la voix de l'Église catholique dans l'archidiocèse de Port-au-Prince »[213]. À la radio, s'est adjointe depuis 2009 la *Télé Soleil*. Dans l'univers de la radiodiffusion, l'Église catholique compte également : *Radio Christ Roi* du diocèse des Gonaïves, fondée le 25 décembre 1985 ; *Radio tèt ansanm* (1990) du diocèse de Jérémie ; *Radio Ephata* (1995) du diocèse de Jacmel ; *Radio Voix de la paix* (1997) du diocèse de Port-de-paix, *Radio Parole de vie* du diocèse de Fort-Liberté créée le 23 mai 2001 ; *Radio Immaculée Conception* du diocèse de Hinche (2005) et *Radio Incarnation* du diocèse de Anse-à-Veau/Miragoâne.

Aujourd'hui, la plupart des animateurs du monde religieux et les paroisses catholiques, ont pu créer leurs propres médias

---

212 V. Sérant, *Sauver l'information en Haïti*, p. 41.
213 Ce slogan constitue, à côté des *jingles* parlés ou chantés, un des principaux *liners* qui identifient la station catholique de l'Archidiocèse de Port-au-Prince.

grâce aux nouvelles technologies. Ces moyens assurent la communication du message que l'Église veut transmettre au monde sans lui être constitutifs, mais plutôt aptes à faciliter sa mission prophétique.

3. L'expérience de la dictature : entre parole du pouvoir et pouvoir de la parole

Durant le dernier demi-siècle écoulé, de l'accession au pouvoir de F. Duvalier au séisme de janvier 2010, Haïti a vécu une expérience non monolithique en matière de communication et de médias. Cette expérience est en résumé celle du passage de la liberté de la parole brimée, refusée dans un contexte de violation constante du droit à l'information par la propagande gouvernementale, à une quête du sens noyé dans l'inflation discursive favorisée par l'invasion médiatique. Dans cette longue tranche d'histoire, l'espace communicationnel haïtien s'est forgé dans la lutte pour la liberté et se forge encore, afin de devenir le lieu d'une culture civique et de mise en débat de l'intérêt général. Il pourra être ainsi, comme dit E. Dacheux, le socle de l'espace public et de l'espace médiatique.[214] Dans un pareil contexte, l'Église doit non seulement continuer à assumer sa mission prophétique, mais aussi proposer par son agir communicationnel une éthique de la relation intersubjective comme communion et non domination, subordination ou manipulation de l'autre. Tout comme les médias, elle a vécu, dans cette tranche d'histoire, des évènements importants et significatifs. Jusqu'à la chute de la dictature, l'Église a évolué dans un climat où la parole libre fut rudement mise à l'épreuve et systématiquement réprimée.

---

[214] E. Dacheux, *Les relations entre espace communicationnel, espace médiatique et espace public,* 2003, <sic_00000624>. L'espace public s'entend, pour E. Dacheux, comme « espace de médiation symbolique dédié aux questions politiques », tandis que l'espace médiatique en tant que tel se définit « comme l'espace technique et symbolique qui objective les communications non directes […] entre les acteurs d'une communauté donnée. » (*Ibid.*). Pour J.-M. Ferry (1989) comme pour D. Wolton (1991), « l'espace public contemporain est fortement structuré par les médias » (*Ibid.*). Cependant, on ne peut pas concevoir l'espace public comme totalement assimilé par l'espace médiatique. Martine Paquette propose en ce sens « de situer l'espace public dans une perspective multidisciplinaire (tel est d'ailleurs le propre de ce concept), soit au confluent de la sociologie politique et de la communication, et ainsi de le considérer à la fois comme un espace communicationnel et politique. » (M. Paquette, « La production médiatique de l'espace public et sa médiation du politique », *Communication*, vol. 20/1 | 2000, p. 47).

Selon M. McLuhan, l'étude des médias aujourd'hui doit se faire en considérant « non seulement le contenu, mais le *medium* en soi et la matrice culturelle à l'intérieur de laquelle il agit. »[215] À travers un regard sur ce demi-siècle d'histoire, nous prenons en compte les déboires ainsi que le rôle prophétique de l'Église dans le contexte de la construction de l'espace communicationnel et public en Haïti. Comment être messager ou porteur d'une parole dans un contexte où la jouissance de ce droit fondamental n'est ni garantie ni respectée ? C'est pourtant la situation qui a prévalu en Haïti durant la période de la dictature. En général, « la politique est très impliquée dans les pratiques communicationnelles. »[216] Serge P. Pierre, dans ses recherches et son analyse des pratiques communicationnelles du président F. Duvalier, a montré « les rapports de la mise en récit, comme processus discursif, avec la question dominante de l'autorité et du pouvoir. »[217] La question englobe la construction de significations destinées à légitimer l'autorité et le contrôle, les pratiques par lesquelles s'exerce le pouvoir lui-même[218] et l'investissement de l'espace médiatique par le pouvoir. En ce sens, la dictature des Duvalier a constitué son réseau de communication politique en s'appuyant sur les « diverses stations de radio sous tutelle ou emprise gouvernementale ».[219] V. Sérant cite en exemple *La Voix de la Révolution Duvaliériste* ci-devant *Radio Commerce, Radio Nouveau Monde* (1968) et *Radio Nationale* (1977). L'Église a-t-elle pu rester prophétique dans les méandres de cette dictature ? Les médias, bâillonnés par le pouvoir ou au pire devenus pour certains d'entre eux de simples relais de la volonté obsessionnelle du prince, seraient-ils capables d'informer et de former l'opinion publique en toute liberté ? Et si la parole du pouvoir investit tous les espaces de communication, résorbe-t-elle pour autant le pouvoir de la parole ?

---

215 M. McLuhan, *op. cit.*, p. 29.
216 Serge P. Pierre, *Pouvoir, manipulation et reproduction du pouvoir. Une analyse sémio-narrative du discours de François Duvalier*, p. 30.
217 *Ibid.*, p. 34.
218 Cf. Dennis K. Mumby, « Power and politics », in Fredric M. Jablin et Linda L. Putman (eds.), *The new Handbook of organizational communication* 2001. Cf. Serge P. Pierre, *op. cit.*, p. 40-41.
219 V. Sérant, *op. cit.*, p. 42. *Radio Commerce* « était de 1952 à 1956 la propriété personnelle du président Paul Eugène Magloire. Elle allait par la suite être considérée comme appartenant au gouvernement. » (*Ibid.*).

Le pouvoir peut bafouer la parole et bâillonner la presse, mais la liberté des sujets demeure inaliénable. Aussi, dans le contexte de la dictature en Haïti, on a pu observer chez certains membres de la hiérarchie de l'Église comme Mgr Poirier, une attitude courageuse. L'archevêque de Port-au-Prince était très critique envers le pouvoir dictatorial et cela lui aura valu l'exil. Après l'expulsion des pères Grienenberger et Marrec par F. Duvalier, l'archevêque a adressé aux fidèles une lettre pastorale les convoquant à un moment de prière à la cathédrale le jour du 18 août 1959 au moment où les deux prêtres devaient être expulsés. L'attitude de l'archevêque a été jugée subversive par la dictature. « Le rassemblement des catholiques, qui avait l'allure d'une manifestation antigouvernementale, est brutalement dispersé. Plus d'un millier de personnes avaient répondu à l'appel de l'archevêque. »[220] À la suite des deux pères spiritains, Mgr Poirier fut expulsé du pays le 24 novembre 1960. Il fut remplacé par Mgr Rémy Augustin qui devint Administrateur apostolique de Port-au-Prince, lui aussi expulsé en 1961 vers Porto Rico. Ce cycle a continué avec l'expulsion de Mgr Jean-Marie Paul Robert, Évêque des Gonaïves, en 1962, celle des Jésuites en 1964 et des spiritains en 1969. Avec l'expulsion des jésuites d'Haïti, le gouvernement a aussi procédé à la fermeture de *Radio Manrèse* qui avait été créée en 1961.

Ces procédés du pouvoir dictatorial prétendaient trouver leurs justifications dans divers chefs d'accusations telles la proximité des prêtres avec l'opposition[221] ou l'atteinte à la dignité du président.[222] Le président F. Duvalier accusera Mgr Poirier de supporter le mouvement des étudiants communistes, mouvement que le dictateur prétendait vouloir le renverser du pouvoir. Il écrit dans ses *Mémoires* : « des organisations et écoles congréganistes, des membres du clergé catholique militaient

---

[220] Wein W. Arthus, « De l'affrontement à la réconciliation », in Lewis A. Clorméus, *Etat, religions et politique en Haïti (XVIIe-XXIe s.)*, p. 66.
[221] Le P. Maurice Balade, alors curé de Léogâne a été déclaré *persona non grata* sous ce chef d'accusation.
[222] Accusation retenue contre le P. Etienne Grienenberger pour son refus de saluer le président en public et pour avoir tenu des sermons extrêmement durs envers ce dernier.

activement dans le mouvement, et des comités réfugiés au siège même de l'Archevêché à Port-au-Prince tenaient des réunions, passaient des mots d'ordre, des consignes, inondaient la ville de tracts et de pamphlets. »[223] Entre autres, le quotidien catholique *La Phalange* est fermé par le gouvernement en 1961 pour avoir publié une lettre de protestation des directeurs d'établissements scolaires congréganistes contre le décret du 8 décembre 1960 dont l'article 4 leur faisait obligation « d'assurer "la police des écoles" en faisant parvenir aux autorités une liste hebdomadaire des élèves absentéistes ».[224] La même obligation a été faite aux responsables d'université. Cette décision, entérinée par le décret du 16 décembre de la même année, avait pour but « de réduire la capacité de nuisance des étudiants » après la dissolution de l'Union National des Étudiants Haïtiens (UNEH) et les vagues d'arrestations qui ont frappé le milieu universitaire. C'est dans le sillage de ces évènements que Mgr Rémy Augustin a été expulsé, accusé de supporter les étudiants grévistes.

Le journal *New York Times,* dans son édition du 12 janvier 1961, dénonce les actes du gouvernement envers le clergé catholique. Le Pape Jean XXIII décide alors d'excommunier le président F. Duvalier et les officiels qui ont partie liée avec l'acte d'expulsion de Mgr Rémy Augustin. Ce qui, dans le contexte concordataire de l'Église catholique en Haïti, avait pour conséquence canonique : « l'omission dans les messes de la prière en faveur du président, prévue dans l'article 15 du concordat, ainsi que la non-célébration des fêtes nationales et gouvernementales par les Évêques. »[225] Mais cette excommunication n'a pas obtenu les résultats escomptés, car comme l'a fait remarquer L. Hurbon, F. Duvalier « a exploité avec finesse les contradictions existant au cœur même de l'Église entre prêtres français ou étrangers en général et Haïtiens traditionnellement écartés du pouvoir dans l'Église. »[226] Ainsi s'est-il forgé une bonne perception de la part

---

223 F. Duvalier, *Mémoires d'un Leader du Tiers-Monde,* p. 69-71. Cité dans Wein W. Arthus, « De l'affrontement à la réconciliation », *op. cit.*, p. 68.
224 Wein W. Arthus, *op. cit.*, p. 66.
225 *Ibid.*, p. 70
226 L. Hurbon, *Religions et lien social,* p. 224.

des prêtres haïtiens. À leurs yeux « [Duvalier] accomplissait une œuvre "providentielle", en faveur de l'Église et de la nation, en cherchant à créer une hiérarchie catholique indigène ».[227] Au demeurant, la parole du pouvoir n'a pas été le seul évènement de communication dans l'arène politico-sociale du pays. Malgré la tentative du pouvoir de confisquer la parole à toute autre instance de communication, un discours contradictoire, contestataire et surtout prophétique a pu se construire.

Par rapport à l'Église catholique, l'objectif de F. Duvalier était de remplacer la hiérarchie bretonne et canadienne de l'Église par une hiérarchie indigène. Les déboires de l'Église avec le pouvoir jusqu'en 1966 peuvent trouver une explication partielle dans cette volonté. En partant de l'approche sémio-narrative de Greimas, Serge P. Pierre a étudié les stratégies discursives de F. Duvalier pour atteindre cet objectif. Les différents récits étudiés par l'auteur ont été construits par F. Duvalier dans le but d'expulser d'abord les jésuites, puis les Évêques, de créer ensuite ce qu'il appelle un clergé acéphale[228] pour enfin obtenir du Siège apostolique l'institution canonique d'Évêques nommés par le président lui-même sur la base de l'article 4 du Concordat de 1860 suivant lequel « le président d'Haïti jouira du privilège de nommer les archevêques et les Évêques ». Par ailleurs, même si l'indigénisation du clergé était un vœu de F. Duvalier, elle est souhaitée par l'Église elle-même depuis de longues dates dans son droit missionnaire, et elle l'avait réaffirmée à la fois dans l'encyclique *Evangelii praecones* du Pape Pie XII (1951) et dans l'enseignement du dernier concile œcuménique du Vatican. Par ailleurs, qu'un Évêque soit autochtone ou étranger, qu'il soit proposé par le président ou selon une autre modalité, c'est de l'Église qu'il reçoit l'institution canonique. F. Duvalier a dû se tromper de scenario. Mais n'anticipons pas.

Ce que M. Nérestant appelle, de la part de F. Duvalier, une « récupération opportune des mouvements sociopolitiques » aurait

---

227 *Ibid.*
228 Cf. F. Duvalier, *op. cit.*, p. 62.

été payant. En Haïti, « l'Église, écrit M. Nérestant, est garante de l'ordre en place et affiche son lien étroit avec le pouvoir établi par de nombreux *Te Deum* à des dates mystificatrices tel que le 22 mai, le 22 juin, le 22 septembre, le 22 octobre, expressément choisies par le dictateur ».[229] L'idéologie noiriste[230] de F. Duvalier a procédé à une récupération de tout ce qui exprime l'identité indigène pour le mettre au service de sa cause. Pour L. Hurbon, les problèmes sociaux qui, depuis la naissance de l'État haïtien minaient tout projet de cohésion sociale, au cours du 19e siècle, « sont ensevelis sous un langage racial répandu et développé par la classe des privilégiés tout autant noirs que mulâtres. L'écriture de l'histoire haïtienne ne sera autre que la répétition indéfinie des divisions raciales ».[231] W. Smarth a poussé plus loin cette lecture en affirmant que l'Église catholique a été utilisée à des fins politiques par F. Duvalier. De fait, « pendant toute la campagne électorale présidentielle de 1957, F. Duvalier exploite à fond l'état anormal où se trouve l'ensemble des prêtres haïtiens », a cru W. Smarth.[232] Dans *Mémoires d'un Leader du Tiers-Monde,* F. Duvalier lui-même écrit :

> Il faut avoir à l'esprit qu'il n'est point indiqué de remplacer un système d'idées, étrangères aux idéaux et aux traditions de la nation, par une autre, et que l'action du doctrinaire Duvalier qui s'étend sur une période de plus de trente-sept ans, vise à la construction d'un clergé indigène, le rêve de toute sa vie.[233]

À partir de 1971, Jean-Claude, fils de F. Duvalier, prend les rênes jusqu'en 1986. Sous la présidence de ce dernier, on peut relever une longue série d'évènements touchant à la vie de l'Église : les nombreuses convocations d'Évêques et de religieux

---

229 M. Nérestant, *Religions et politique en Haïti,* p. 177.
230 Selon Nicholls David, le *noirisme* est un mouvement idéologique « tourné contre la domination des mulâtres sur la vie économique sociale et politique de Haïti et contre acceptation une culture et une esthétique européenne les noiristes plaidaient pour un pouvoir noir et démontraient importance des coutumes et des croyances africaines en Haïti. » (N. David, « Idéologie et mouvements politiques en Haïti, 1915-1946 », in *Annales. Économies, Sociétés, Civilisations,* 30e année, n° 4, 1975. pp. 654-269).
231 L. Hurbon, *Comprendre Haïti. Essai sur l'État, la nation, la culture,* p. 91-92.
232 W. Smarth, *op. cit.*, p. 425.
233 F. Duvalier, *op. cit.*, p. 59. Cité dans W. Smarth, *op. cit.*, p. 425.

par le ministre des Cultes ; l'arrestation de Gérard Duclerville, responsable d'une association catholique, le 28 décembre 1980 ; la fermeture de *Radio Soleil* décidée par le gouvernement le 5 décembre 1985 ; les expulsions de missionnaires dont le père Hugo Triest, alors directeur de *Radio Soleil,* et bien d'autres événements encore. Cela n'a cependant pas entamé le sens de l'engagement et du témoignage de l'Église. On peut souligner en ce sens : le soutien de la CHR à la CEH au moment des convocations d'Évêques ; l'engagement pour le droit et la liberté qui s'exprime à travers la dénonciation des rafles policières du 4 novembre 1980 de la part de la CEH (4 décembre 1980) ou contre les multiples violations de droits humains,[234] la dénonciation des intrusions de « certaines autorités civiles et militaires dans les cérémonies liturgiques »[235] et d'autres faits qui risquaient d'entraver les rapports entre l'Église et l'État.[236] Notons également la suppression des *Te Deum* décidée par la CEH le 26 juillet 1985 à la suite de l'expulsion de trois missionnaires Belges, l'appel fait au président par mémorandum après la fermeture de *Radio Soleil,* la revendication du droit légitime de l'Église d'intervenir dans le domaine social et politique et bien d'autres actes s'inscrivant dans le combat de l'Église pour la liberté, la justice et le respect de l'ensemble des droits de la personne humaine indissociable de sa dignité (cf. Gn 1, 26-27). Cette vue panoramique ne doit toutefois pas éclipser les moments de cadence d'harmonie entre la hiérarchie de l'Église catholique en Haïti et le pouvoir. La modification de l'article 4 du concordat, l'accord entre l'Église et l'État sur l'exécution de certains projets contenus dans la Charte de promotion humaine publiée par la CEH en 1983, la collaboration entre les deux instances dans le cadre de la visite du Pape Jean Paul II en 1983 témoignent de cette cadence d'harmonie.

Tandis que la dictature s'est construite sur la manipulation

---

[234] En guise d'exemple on peut citer les vagues d'arrestations illégales qui eurent lieu particulièrement dans le Nord le 4 novembre 1983 contre particulièrement des agronomes de l'« Institut Diocésain d'Éducation des Adultes » (*Présence de l'Église en Haïti, messages et documents de l'épiscopat (1980-1988),* p. 44).
[235] *Ibid.*
[236] La CEH avait adressé sur ce sujet une lettre en date du 17 avril 1985 au président de la République. Voir : *Ibid.,* p. 108.

de l'imaginaire, la violation des droits et des libertés et sur la peur, il a fallu, pour y résister, l'engagement constant dans le combat, le courage et l'espérance. C'est donc une dictature qui avait déjà assez trop duré qui s'effondre en 1986. Le 7 février, la force des choses a contraint le président Jean-Claude Duvalier d'abandonner le pouvoir auquel son père a tenté d'imprimer un caractère héréditaire en le lui transmettant en 1971. Vingt-neuf années (1957-1986) d'un pouvoir dont l'histoire récente retient de nombreuses victimes. Quant à la violation systématique du droit à la liberté d'expression, elle a particulièrement touché à la mission prophétique de l'Église. Celle-ci a vécu des rapports très mouvementés avec l'État durant cette période. Selon les mots de W. Weibert Arthus, ces relations vont « de l'affrontement à la réconciliation ».[237] Le 7 février 1986, une tranche d'histoire prend fin, mais pour s'ouvrir sur une longue transition plutôt que sur une nouvelle tranche d'histoire. Ce, au point de souvent parler de cette « transition qui n'en finit pas ».[238]

L'Église d'Haïti a aussi connu, durant cette période, l'*aggiornamento* apporté par le concile à travers une lente réception qui dure jusqu'à aujourd'hui. Dans la situation interne post-duvaliériste, la mission prophétique de l'Église s'est encore confrontée à d'autres situations. Celles-ci ont surtout marqué la période du coup d'État du 30 septembre 1991 perpétré contre le président Jean Bertrand Aristide, ancien prêtre de l'Institut des Salésiens de Don Bosco, élu à la présidence le 16 décembre 1990. L'impératif qui s'impose à l'Église d'accompagner le peuple dans la trajectoire de son histoire n'a toutefois pas cessé de se réaffirmer constamment, et surtout à l'occasion d'évènements tristement célèbres comme le séisme de 2010, expérience du tragique à travers laquelle l'Église a dû se montrer en même temps prophétique et incarnée.

---

237 Wein W. Arthus, *op.cit.*, p. 61-82.
238 Voir : P.-R. Dumas, *Transition D'Haïti vers La Démocratie : essais sur la dérive despotico-libérale*, Collection "Pacte pour la reforme et la démocratie", Port-au-Prince, Imprimeur II, 2008 ; Christophe Wargny, « Haïti : une transition qui n'en finit pas », *Alternatives Internationales*, vol. 7, no. HS, 2009, p. 114-114.

Dans le contexte dictatorial, la parole a tantôt été asservie, tantôt utilisée pour servir la cause de la liberté. Ce qui a donné lieu au conflit permanent entre la parole du pouvoir et le pouvoir de la parole prophétique de l'Église. Le langage comme *medium* de l'entente intersubjective a parfois été instrumentalisé dans le cadre de la contrainte ou de la résistance à une situation de non-droit.

****

Il ressort de ce parcours d'analyse qu'il n'y a pas d'incompatibilité entre l'Église et les médias. La communication définit ceux-ci autant qu'elle définit l'Église, deux instances médiatrices. La médiation ecclésiale étant d'ordre spirituelle et celle des moyens de communication, d'ordre technique et pragmatique, celle-ci est *stricto sensu* ce qu'il convient d'appeler une « médiatisation ». Ce qui justifie pour nous l'économie sémio-pragmatique de l'emploi de ce terme que nous utilisons pour désigner la transmission ou la diffusion d'un message grâce à un dispositif technique (radio, télévision, presse, cinéma, internet et autres). Nous incluons en ce sens la médiatisation dans la médiation, en tant que modalité particulière de celle-ci. Comme le dit Ghislaine Azémard, c'est « lorsque la médiation a pour terme un média » qu'on peut parler de médiatisation.[239] Il y a entre les deux termes un rapport de genre (médiation) à espèce (médiatisation), et c'est à l'espèce que nous tenons d'abord ici.

Quant aux enjeux de la médiatisation, certains sont certes liés à une idée que des acteurs se font des médias, d'autres, en revanche, sont objectifs. Ceux-ci sont à rechercher non seulement dans le rapport des médias avec ce que J. Habermas appelle les sous-systèmes de l'économie et de l'État qui peuvent les instrumentaliser, mais aussi dans des mécanismes et des pratiques propres aux médias dans leur fonctionnement, mécanismes et pratiques que nous souhaitons ici interroger.

---

[239] G. Azémard, *100 notions pour le crossmédia et le transmédia*, p. 124-125.

Deuxième partie
Église et médias en Haïti :
des enjeux aux perspectives

Cette deuxième partie de notre ouvrage part de constats d'ordre empirique. Nous analyserons ainsi quatre antinomies entre les pratiques à l'œuvre dans l'Église et les pratiques médiatiques : complexité du message ecclésial et simplification souvent réductionniste des médias, culture de la discrétion de l'Église et hypercommunication médiatique, mise en avant de la communauté par l'Église et désir de vedettisation des acteurs médiatiques, enfin culture de consensus de l'Église et amour de la polémique des médias. À partir de cette démarche, nous envisagerons une perspective appropriée à l'usage des moyens de communication sociale dans le cadre de l'activité pastorale de l'Église. Pour nous, une telle perspective exige entre l'Église et les médias un dialogue constant, nécessaire pour une meilleure connaissance réciproque et surtout pour traduire cette reconnaissance qui, selon nous, est le terrain sur lequel pourra évoluer de véritables relations pragmatiques entre les deux instances. L'idée est que la médiatisation du discours en général et du discours ecclésial en particulier doit se faire selon une vraie éthique de la communication. De ce dialogue souhaité et de l'éthique à proposer dépend une nouvelle médiatisation du discours religieux.

Chapitre III
Église et médias : des antinomies

Si cela reste plutôt latent dans le milieu haïtien, dans les sociétés fortement sécularisées et « laïcisées », lorsqu'on parle de médias dans les milieux de l'Église ou de l'Église dans les milieux médiatiques, on a l'impression de commettre un impair. Pourtant, paradoxalement, l'Église utilise de plus en plus largement les médias avec un souci de plus en plus grand de rejoindre les hommes et les femmes de notre temps. Dans *Redemptoris Missio,* le Pape Jean-Paul II considérait le monde de la communication comme « le premier aréopage des temps modernes ».[240] Il n'y a pas d'antinomies entre l'Église et les médias. Cela est bien démontré à travers les documents les plus récents de l'Église sur le sujet depuis *IM*. Au contraire, les médias représentent un des lieux de la mission *AG* selon l'encyclique sur *La valeur permanente du précepte missionnaire* du Pape Jean-Paul II. Il y a, de préférence, des antinomies entre certaines pratiques en œuvre dans les médias et celles propres à l'Église. Dans une contribution de H. Tincq

---
240 RMi 37 c.

à l'ouvrage *Médias et religions en miroir*,²⁴¹ l'auteur reconnait que « la polémique envenime souvent les rapports entre l'Église catholique et les médias. »²⁴² Doit-on faire fi de cela parce qu'en Haïti la sécularisation ne connait pas la même impulsion qu'en Amérique du nord ou en Europe ? Les signes de la sécularisation sont-ils toujours perceptibles et évidents ? Il faut demeurer attentif pour les discerner dans l'*arcanum* sociétal. L'analyse des quatre antinomies entre pratiques médiatiques et pratiques ecclésiales telle qu'elle est ici proposée met en lumière les principaux enjeux de la médiatisation du discours ou du fait religieux, mais aussi cette tension existant toujours et partout entre Église et médias en raison de ces antinomies.

1. Première antinomie : la complexité contre la simplification

Tandis que les médias procèdent par sélection, « le message que l'Église entend diffuser est souvent long, difficile, nuancé, dans la mesure où il se veut porteur d'une Vérité révélée qui ne peut s'appréhender que dans son intégralité ».²⁴³ R. Poujol précise que « sélectionner l'information » est le premier travail du journaliste. Mais cette sélection doit avoir des critères techniques et scientifiques clairs et se fonder sur l'importance et la pertinence journalistique de l'information. Elle s'impose au journaliste en raison de la masse d'informations brutes dont il dispose généralement. Le journaliste apprend à « savoir trier et hiérarchiser [les informations] en fonction de leur importance, de leur originalité, de leur pertinence ou de leur impertinence, et surtout en fonction de leur intérêt présumé pour son public. »²⁴⁴

Plusieurs facteurs participent de cet impératif de sélection généralement simplificatrice qui s'impose au journaliste. Parmi ces facteurs, le temps joue un rôle privilégié : un journal télévisé ou radiodiffusé est rigoureusement chronométré. Une édition

---
241 H. Tincq, « Églises-médias : la double méprise », in P. Bréchon et J.-P. Willaime (Dir.), *op. cit.*, p. 171-180. Henri Tincq est un journaliste et vaticaniste français qui a travaillé d'abord à *La Croix*, avant de rejoindre la section des informations religieuses du Journal *Le Monde* entre 1985 et 2008, puis la section francophone du Magazine *Slate*.
242 *Ibid.*, p. 171.
243 *Ibid.*
244 C. Cognat et F. Viailly (dir.), *Le journalisme en pratique : les bases du métier*, p.14.

de Journal s'inscrit dans l'actualité et ne peut pas se retrouver en décalage par rapport à cette actualité, mis à part les retours périodiques et analytiques sur des faits antérieurs ou le cas des chaines d'information en continu. L'intérêt du public est aussi important pour le journaliste, mais ce qu'il cherche particulièrement à éviter en simplifiant, c'est le décrochage du lecteur, de l'auditeur ou du téléspectateur au bout d'un certain temps. Les rédacteurs des grandes revues spécialisées s'en soucient fort peu, car leur public cible est plus fidèle, son intérêt est généralement de se former ou de rester informé en permanence sur un sujet donné.

L'enjeu ou la crainte pour l'Église, c'est d'assister à la déformation de l'intention ou du contenu de son message que les médias tentent souvent de ramener à un langage ordinaire ou même profane. À la promulgation le 25 mars 1995 de l'encyclique *Evangelium vitae* du Pape Jean-Paul II, l'*Agence France Presse* l'a présentée comme « un appel à la désobéissance civile contre l'avortement ».[245] De même, la plupart des prises de position des Souverains Pontifes sur des questions de mœurs ont souvent été l'objet de présentations simplistes ou déformantes dans les médias. À titre illustratif, on peut évoquer ici celles du Pape Jean-Paul II sur la chasteté ou le préservatif[246], le discours de Ratisbonne du Pape Benoit XVI ou les positions du Pape François sur l'immigration. Le 13 février 1996, F. Devinat écrit dans les colonnes du journal *Libération* : « Après l'interdit jeté sur la contraception, la mise à l'index du préservatif a accéléré le schisme silencieux entre hiérarchie catholique et brebis échappées de l'enclos d'une morale sexuelle régie par Rome. »[247] Quant au discours de Ratisbonne, les mésinterprétations liées à la décontextualisation des propos du Saint Père ont eu des

---

245 Cité par H. Tincq, « Églises-médias : la double méprise », *op. cit.*, p. 172.
246 Jean-Paul II, *Discours de Kampala (Ouganda)*, in *DC*, 2068 (1993), p. 261-262. Le Saint Père avait rencontré les jeunes au Stade Nakivubo de Kampala (Ouganda, 6 février 1993) où il avait prononcé ce discours.
247 F. Devinat, « Fissures dans le bunker de la chasteté. Plusieurs évêques français ont déjà pris leurs distances avec le Pape », in *Libération* [en ligne], 13 février 1996, http://www.liberation.fr/evenement/1996/02/13/fissures-dans-le-bunker-de-la-chastete-plusieurs-eveques-francais-ont-deja-pris-leurs-distances-avec_163012. Consulté le 18 avril 2018.

conséquences fâcheuses : des manifestations populaires dans plusieurs pays, des effigies de Benoît XVI brulées, des églises attaquées et une religieuse tuée en Somalie.

Le caractère dialogique et même polyphonique du discours de Benoit XVI à Ratisbonne a été radicalement estompé. La déclaration du 16 septembre 2006 du Secrétaire d'État du Saint Siège Tarcisio Bertone a tenté de resituer le discours du Souverain Pontife dans son contexte d'énonciation :

> La position du Pape sur l'Islam est, sans équivoque, celle qui est exprimée dans le document conciliaire *Nostra Aetate* […]. Le choix du Pape en faveur du dialogue interreligieux et interculturel est lui aussi sans équivoque. Lors de la rencontre avec les représentants de plusieurs communautés musulmanes à Cologne, le 20 août 2005, il a affirmé que ce dialogue entre chrétiens et musulmans « ne peut pas se réduire à un choix passager », en ajoutant : « Les leçons du passé doivent nous servir à éviter de répéter les mêmes erreurs. Nous voulons rechercher les voies de la réconciliation et apprendre à vivre en respectant chacun l'identité de l'autre ».
>
> Quant au jugement de l'empereur byzantin Manuel II Paléologue, qu'il a cité dans son discours de Ratisbonne, le Saint-Père n'a pas entendu et n'entend absolument pas le faire sien, mais il l'a seulement utilisé comme une occasion pour développer, dans un contexte universitaire et selon ce qui apparait après une lecture complète et attentive du texte, certaines réflexions sur le thème du rapport entre religion et violence en général et conclure à un refus clair et radical de la motivation religieuse de la violence, de quelque côté qu'elle provienne.[248]

C'est dans une perspective bakhtinienne qu'il faut situer la citation du « dialogue entre l'empereur byzantin Manuel II Paléologue et l'érudit Persan » dans le discours de Ratisbonne prononcé par Benoit XVI. Dans tout discours se trouvent des

---

[248] Déclaration du Cardinal Tarcisio Bertone, S.D.B, Secrétaire D'État du Saint Siège [en ligne], http://www.vatican.va/roman_curia/secretariat_state/card-bertone/2006/documents/rc_seg-st_20060916_dichiarazione_fr.html. Consulté le 18 avril 2018.

éléments de repérages énonciatifs qui donnent le contexte.[249] En situant justement sa leçon à l'université de Ratisbonne, Benoit précisait :

> Je voudrais seulement aborder un argument – assez marginal dans la structure de l'ensemble du dialogue – qui, dans le contexte du thème « foi et raison », m'a fasciné et servira de point de départ à mes réflexions sur ce thème.
>
> Dans le septième entretien (*dialexis* — controverse) édité par le professeur Khoury[250], l'empereur aborde le thème du djihad, de la guerre sainte. Assurément l'empereur savait que dans la sourate 2, 256 on peut lire : « Nulle contrainte en religion ! ». C'est l'une des sourates de la période initiale, disent les spécialistes, lorsque Mahomet lui-même n'avait encore aucun pouvoir et était menacé. Mais naturellement l'empereur connaissait aussi les dispositions, développées par la suite et fixées dans le Coran, à propos de la guerre sainte. Sans s'arrêter sur les détails, tels que la différence de traitement entre ceux qui possèdent le « Livre » et les « incrédules », l'empereur, avec une rudesse assez surprenante qui nous étonne, s'adresse à son interlocuteur simplement avec la question centrale sur la relation entre religion et violence en général, en disant : « Montre-moi donc ce que Mahomet a apporté de nouveau, et tu y trouveras seulement des choses mauvaises et inhumaines, comme son mandat de diffuser par l'épée la foi qu'il prêchait ». L'empereur, après s'être prononcé de manière si peu amène, explique ensuite minutieusement les raisons pour lesquelles la diffusion de la foi à travers la violence est une chose déraisonnable. La violence est en opposition avec la nature de Dieu et la nature de l'âme. « Dieu n'apprécie pas le sang — dit-il —, ne pas agir selon la raison, *sun logô*, est contraire à la nature de Dieu. La foi est le fruit de l'âme, non du corps. Celui, par conséquent, qui veut conduire quelqu'un à la foi a besoin de la capacité de bien parler et de raisonner correctement, et non de la violence et de la menace... Pour convaincre une âme

---

249 Voir : J.-M. Adam, « Le texte et ses composantes », in *Semen* [en ligne], 8 | 1993, 21 Aout 2007, http://journals.openedition.org/semen/4341. Consulté le 10 mars 2018.
250 Cf. Théodore Khoury, *Manuel Paléologue. Entretiens avec un Musulman, Introduction, texte critique, traduction et notes*, Paris, Cerf, 1966.

raisonnable, il n'est pas besoin de disposer ni de son bras, ni d'instrument pour frapper ni de quelque autre moyen que ce soit avec lequel on pourrait menacer une personne de mort...[251]

Selon les travaux de Mikhail Bakhtine sur le dialogisme, « on ne parle jamais à partir de rien […], tout texte est déjà, en soi, une réponse à d'autres textes, plus ou moins explicitement convoqués, plus ou moins clairement présents de façon consciente à l'esprit du nouvel énonciateur […]. Tout énoncé comporte en lui du déjà dit ».[252] Ce déjà dit peut être assumé ou convoqué dans notre discours selon deux modalités : le « dialogisme constitutif » qui caractérise tout discours en termes conscients ou non et le « dialogisme montré » qui assume le discours qui n'est pas nôtre en donnant des indices qui permettent de le reconnaitre soit comme parole d'un autre ou comme parole autre, autre que la nôtre. A cet effet, on ne peut pas restituer fidèlement la macrostructure sémantique du discours de Ratisbonne sans sortir du présupposé de l'unicité du sujet parlant.

2. Deuxième antinomie : la culture de la discrétion de l'Église contre l'hypercommunication médiatique

Aujourd'hui la communication publique trouve dans l'Église une place qu'elle n'a sans doute jamais eue avant, malgré la culture communicationnelle très vieille de l'Église. C'est que

---

[251] Benoit XVI, *Foi, Raison et Université : souvenirs et réflexions,* rencontre avec les représentants du monde des sciences [en ligne], Grand Amphithéâtre de l'Université de Ratisbonne, mardi 12 septembre 2006, http://w2.vatican.va/content/benedict-xvi/fr/speeches/2006/september/documents/hf_ben-xvi_spe_20060912_university-regensburg.html. Consulté le 10 mars 2018.

[252] N. Garric et F. Calas, *op. cit.*, p. 107. M. Bakhtine distingue deux types de dialogisme : le dialogisme interdiscursif qui « est la rencontre d'un énoncé avec tous les énoncés qui ont été produits avant lui sur le même sujet » (*Ibid.,* p. 108), et le dialogisme interlocutif qui « est la rencontre d'un énoncé avec un autre dans le cadre d'une interaction verbale, d'un dialogue, lorsque le locuteur se trouve face à d'autres locuteurs potentiels. » (*Ibid.,* p. 111). Chez Jacqueline Authier-Revuz (1995) et Jacques Bres (1999), on trouve une troisième forme de dialogisme : Authier-Revuz l'appelle *autodialogisme* tandis que Bres le nomme *intradialogisme*. Pour les deux cela « concerne les rapports que le sujet parlant entretient avec sa propre parole » (*Ibid.,* p. 112). Voir : M. Bakhtine, *La Poétique de Dostoïevski*, Paris, Le Seuil, coll. « Points Essai » (n° 372), 1008 (1ʳᵉ éd. 1970), 366 p. ; *Esthétique et théorie du roman*, Paris, Gallimard, 1978, 496 p. ; *Esthétique de la création verbale*, Paris, Gallimard, 1984, 408 p. ; Tzvetan Todorov, *Mikhaïl Bakhtine - Le principe dialogique suivi de Écrits du Cercle de Bakhtine*. Éditions du Seuil, Paris, 1981. 318 p.

l'Église avait généralement envers les nouveaux moyens de communication, comme l'imprimé dès le début de l'époque moderne, une attitude extrême de prudence et de réticence. Nous l'avons suffisamment évoquée en revenant sur la trajectoire historique des rapports entre Église et médias. Cette culture communicationnelle contemporaine de l'Église est pourtant loin de remettre en question l'importance de la discrétion dans son fonctionnement institutionnel. La discrétion est dans l'Église une vertu, mais aussi une norme qui s'impose à des personnes sous peine de sanction. Dans son langage disciplinaire, l'Église utilise plutôt le terme de secret. Mais la discrétion pour nous va plus loin que le secret dans le sens où elle suppose que le sujet en question ne dise que ce qui est nécessaire et jamais ce qui porte atteinte à la dignité, alors que le secret, tel qu'il est défini par R. Naz dans le *Dictionnaire de droit canonique*, impose de ne pas dire « ce qui ne doit pas être révélé ».[253] Ce qui implique une autorité qui trace les lignes à ne pas franchir. La discrétion a d'abord comme fondement la maturité du sujet à porter un jugement de choix dans chaque situation où il doit s'exprimer de lui-même. En ce sens, la nuance d'Olivier Echappé concernant le secret comme « ce qui doit rester caché, ce qui ne doit pas être communiqué en tenant compte de l'activité du professionnel »,[254] ne change rien du rapport de hiérarchie que nous établissons entre la discrétion et le secret. Ainsi, le principe moral de la discrétion vient coiffer le principe juridique du secret en le subsumant.

À partir du 4e siècle de notre ère, avec l'expansion de la confession privée, des peines lourdes sont prévues contre les ministres qui auraient rompu le secret. En 1215, le 4e concile de Latran confirme cette règle dans son canon 21 : « Celui qui aura découvert le secret qu'il aura connu par la voie de la confession sera, par notre ordonnance, non seulement déposé de la dignité sacerdotale, mais encore enfermé dans un monastère d'étroite observance, pour y faire pénitence le reste de ses jours. »[255] Ce

---

253 R. Naz, « Secret », In *Dictionnaire de droit canonique*, t. 7, col. 895.
254 Cité dans E. Saint-Louis, *Le secret d'office du juge ecclésiastique : application du canon 1455 du CIC/83 par rapport au bien commun*, p. 17.
255 Latran IV, c. 21. Voir : P.-M. Gy, « Le précepte de la confession annuelle (Latran IV, C. 21)

principe sera repris au concile de Trente, puis dans diverses dispositions ultérieures de l'Église. Selon le professeur Grigorios D. Papathomas, « avant tout, pour la théologie de l'Église [...] le secret, comme situation et caractéristique humaines, a apparemment la même durée temporelle que l'histoire de la chute de l'homme, c'est-à-dire que c'est un élément qui ne peut être rencontré qu'à la suite de la chute de l'homme. »[256] Le commun des mortels connait l'existence du secret confessionnel. Mais le principe du secret s'étend aussi à d'autres domaines dans l'Église : le secret pontifical, le secret du conclave, le secret de l'office, le secret scripturaire et bien d'autres.[257] Ces différents types de secrets que l'Église impose aux siens dans des cas particuliers peuvent être considérés dans la perspective de ce Grigorios D. Papathomas appelle « le secret convenable ». Pour le professeur Papathomas :

> [...] Il faut distinguer deux cas différents et en fait opposés d'utilisation du secret sans que cela soit considéré comme une distinction de type manichéiste : le secret convenable, d'une part, et le secret abominable, d'autre part. Le premier cas vise tout secret qui peut servir positivement l'homme et les rapports humains tels que le secret pédagogique, le secret canonique, le secret professionnel, le secret de la révélation progressive... En revanche, le deuxième cas demeure par définition négatif, étant donné qu'on essaie de servir du secret au détriment de l'homme et des relations humaines, malgré que le prétexte invoqué se présente, dans la grande majorité de cas, généreux et courtois.[258]

---

et la détection des hérétiques », in Recherches des sciences philosophiques et théologiques, 58 (1974), 444-450.
256 Grigorios D. Papathomas, « Le secret dans le Christianisme orthodoxe », in : *Revue de Droit canonique,* tome 52, 2 (2002), p. 295-315. Disponible [en ligne], https://fr.scribd.com/document/322597778/19-Le-secret-canonique-pdf. Consulté le 18 avril 2018. PDF, p. 3.
257 Cf. B. Du Puy-Montbrun, *La détermination du secret chez les ministres du culte : Le secret pastoral en droit canonique et en droit français,* Dijon, L'Échelle de Jacob, 2012, 477 p. Voir : Benoit XIV, *Constitutio Sacramentum poenitentiae,* 1 juin 1741, dans AAS, 9/2 (1917), 505-508 ; Sacrée Suprême Congrégation du Saint-Office, Instructio Crimen sollicitationis, 16 mars 1962, Romae, Typis polyglottis vaticanis ; Secrétairerie D'état, Instruction sur le secret pontifical Secretacontinere, 28 février 1974, dans AAS, 66 (1974), 89-92, traduction française dans DC, 71 (1974), 361-362.
258 Grigorios D. Papathomas, « Le secret dans le Christianisme orthodoxe », *art. cit.*, PDF, p. 2.

Ce principe du secret qui induit toute une culture de la discrétion dans l'Église ne vise nullement à dissimuler la vérité, mais elle se situe plutôt, selon A. Damien, entre « le respect de l'individu et celui de la société ».[259] L'Église l'explique assez limpidement dans son enseignement :

> Le droit à l'information a [...] des limites. La réputation des personnes et des sociétés doit être préservée et l'information ne saurait se confondre avec l'indiscrétion. Bien des secrets sont légitimes : secrets des individus et des groupes, en particulier des familles, qui ont droit à leur vie privée ; secrets professionnels, secrets d'intérêt public. Quand le bien commun est en jeu, l'information exige du tact et de la prudence.[260]

L'Église n'a pas manqué d'essuyer des critiques à cause de ce principe et pour les étayer, en général, on évoque la transparence qui caractérise le monde contemporain. Dans un article publié dans *Libération* le 15 juin 2001, D. Licht qualifie de « défense de l'opacité » les arguments en faveur du secret dans l'Église.[261] On comprend alors à quel point l'Église peut « éprouver quelques difficultés à trouver sa juste place dans l'hypercommunication triomphante et la sollicitation médiatique permanente... »[262] Car à l'opposé de cette culture de la discrétion de l'Église, les médias se lancent toujours à la recherche du *scoop* en diffusant souvent des rumeurs ou tout simplement en pratiquant la désinformation. La discrétion devrait être pourtant la norme, surtout lorsqu'il faut rapporter par exemple certaines scènes de cruauté et de violence, deux choses qui « profanent la vie humaine ».[263] La transparence supposée des médias n'est d'ailleurs qu'apparente, car ils constituent en règle générale un réseau impénétrable aux exclus

---

259 A. Damien, *Le secret nécessaire*, Paris, Desclée de Brouwer, 1989, p. 18. Cité dans : E. Saint-Louis, *op. cit.*, p. 17.
260 CP 42.
261 D. Licht, « Aujourd'hui, l'Église défend cette notion au nom de la liberté », in *Libération* [en ligne], 15 juin 2001, http://www.liberation.fr/societe/2001/06/15/le-secret-dans-le-droit-canon-depuis-1215_368173. Consulté le 18 avril 2018.
262 Cité dans : S. Dufour, « Secret, silence, sacré. La trinité communicationnelle de l'Église catholique », ESSACHESS – *Journal for Communication Studies*, ESSACHESS editors, 2013, Secret, Publicity, and Social Sciences Research, 6 (12), p.139-150.
263 CP 43.

du cercle. De plus, il est assez habituel de voir des journalistes pratiquer, en cette matière, de la rétention d'informations.

H. Tincq considère entre autres que certains évènements religieux sont surmédiatisés et jettent ainsi dans l'ombre d'autres, pourtant plus importants dans la vie de l'Église. En Haïti, on peut surtout déplorer la manière dont certains évènements d'Église sont médiatisés.[264] D'aucuns pensent que les activités de tel ou tel secteur pastoral de la vie de l'Église, son engagement quotidien à travers ses œuvres sociales ou celui des prêtres dans les régions les plus difficiles, auraient mérité d'être autant médiatisés, mais plus justement c'est-à-dire sans scénographie outrancière. La juste attitude est toujours d'« éviter la *fascination messianique* pour la *culture médiatique.* »[265]

3. Troisième antinomie : la communauté contre la vedettisation du sujet individuel

La troisième antinomie ou, pour reprendre H. Tincq, « la troisième tension structurante entre Église et médias oppose la notion de "peuple" et de "communauté" à une logique de personnalisation (*vedettisation*) qui régit aussi fortement le monde de la communication. »[266] Dès qu'on évoque le mot Église, on entre dans le registre du collectif, du communautaire. L'ἐκκλησία désignait chez les grecs l'assemblée des citoyens

---

[264] Citons par exemple le caractère festivalier donné aux JMJ par certains médias ou le caractère politique attribué à la commémoration du 8 décembre 2017 à Port-au-Prince dans le cadre des 75 ans de consécration d'Haïti à Notre-Dame du Perpétuel Secours. Voir : Dimitry Nader Orisma, « JMJ : une journée en folie », in *Ticket Magazine* [en ligne], 31 mars 2015, https://lenouvelliste.com/article/143179/jmj-une-journee-en-folie ; Frantz Duval, « Jovenel Moïse va-t-il marcher contre la corruption avec les évêques vendredi ? », in *Le Nouvelliste* [en ligne], 6 décembre 2017, https://lenouvelliste.com/m/public/index.php/article/180131/jovenel-moise-va-t-il-marcher-contre-la-corruption-avec-les-eveques-vendredi ; Edrid Saint-Juste, « L'Église catholique invite Jovenel Moïse à venir marcher contre la corruption », in *Le Nouvelliste* [en ligne], 6 décembre 2017, https://www.lenouvelliste.com/article/180085/L%E2%80%99%C3%A9glise%20catholique%20invite%20Jovenel%20Mo%C3%AFse%20%C3%A0%20venir%20marcher%20le%208%20d%C3%A9cembre%20contre%20la%20corruption.
[265] J.-M. Bomengola-Ilomba, *L'évangélisation par les médias*, p. 299. Voir aussi les pages 273 à 307 de : Xavier Lacroix et Claude Royon, *Intelligence et passion de la foi*, Hommage à Henri Bourgeois, Paris, DDB, 2000, 381 p.
[266] H. Tincq, « Églises-médias : la double méprise », *op. cit.*, p. 173.

convoqués dans l'*agora*. Il s'agit donc d'un vocabulaire politique que les traducteurs grecs de l'Ancien Testament (Septante) ont repris pour traduire le mot hébreu *qahal* qui renvoie à l'action de « rassembler » pour des raisons religieuses ou politiques (au *nifal*) ou de « convoquer » pour une guerre ou des desseins religieux (au *hifil*).[267] L'Église est un peuple convoqué, rassemblé. Le concile de Vatican II la présente dans *LG* d'abord comme un mystère, puis en tant que « peuple de Dieu » avant de voir sa structuration hiérarchique. L'Église est donc avant tout communion des baptisés. Non pas qu'elle puisse s'abstraire de sa dimension hiérarchique, mais celle-ci est au service de la communion. Or dans les médias, la personnalisation engendre le culte de l'individu et le vedettariat. Lorsque les médias ne trouvent pas les *stars* qu'ils nous font aduler parmi celles du monde culturelle et politique, ils les forgent eux-mêmes de toute pièce. À cette tendance à la starisation médiatique, l'Église oppose la canonisation de l'humilité et de la modestie. À ce propos, D. Wolton écrit :

> D'abord, les médias fonctionnent selon un principe d'accentuation. Que ce soit à travers les journalistes, les commentateurs ou les animateurs, c'est un petit milieu qui a tendance à confondre la lumière qu'ils font sur le monde avec la lumière du monde. Ils ont été, avant l'heure, les vecteurs du vedettariat, de la « pipolisation ». Cette donnée, contradictoire avec l'idée de pluralisme, est renforcée par une autre donnée liée à la libéralisation des médias et à la construction de l'économie de la communication : le phénomène de starisation est doublé d'une logique économique.[268]

Les médias ne se privent pas du plaisir de forger les stars même dans l'Église : mère Teresa, sœur Emmanuelle, le P. Di Falco (devenu plus tard Évêque), Guy Gilbert, le Pape Jean-Paul II ou le Frère Jean Vanier,[269] ont tous été pris par les médias comme des stars. Ils ont voulu faire d'eux des vedettes à l'image de celles du

---

267 Le *nifal* est le simple passif hébreu tandis que le *hiffil* est le causatif actif.
268 D. Wolton, « Au lieu d'ouvrir, le système se replie sur lui-même », in *Le Monde* [en ligne], 16-17 septembre 2007, http://www.wolton.cnrs.fr/spip.php?article84. Consulté le 18 avril 2018.
269 Décédé le 7 mai 2019 alors que nous étions à la révision finale de ce texte.

monde culturel ou sportif. C'est qu'à l'inverse de ce que souhaite l'Église, dans les médias la forme l'emporte généralement sur la teneur et le fond. Là où l'Église voit des messagers au service de l'Évangile, les médias cherchent généralement à vedettiser.

4. Quatrième antinomie : le consensus contre la polémique

Les médias se nourrissent généralement de polémiques, ils vont même jusqu'à les entretenir. On réalise alors pourquoi ils s'emparent souvent des scandales et des oppositions internes à l'Église catholique pour en faire leur sujet de prédilection. Le scandale passe souvent avant tout autres informations. Cela va même parfois à l'encontre de la présomption d'innocence et donc des droits fondamentaux de la personne. Loin de vouloir justifier la dissimulation de la vérité, nous réaffirmons là le principe de la présomption d'innocence ainsi que le droit à la bonne réputation et à l'intégrité morale des personnes. Celles-ci ne sont entachées qu'en cas de condamnation par la justice.

L'esprit occidental a été déformé par une fâcheuse tendance à voir dans la diversité une opposition. Si un Évêque pense différemment du Pape, il est un révolutionnaire, pareil pour le prêtre par rapport à son Évêque. Or cette diversité n'est une opposition que si elle remet en cause la doctrine de l'Église en ce que le Magistère déclare qu'il faut « croire de foi divine et catholique » (c. 750 § 1) ou qu'il faut « adopter fermement et faire sien » (c. 750 § 2).[270]

L'Église est une société où le consensus fait loi depuis les Apôtres[271] ; il est un lieu de communion. Ce consensus n'interdit ni les débats ni la liberté d'expression nonobstant le maintien

---

[270] Ce second paragraphe du canon 750 a été ajouté par le *Motu proprio* de Pape Jean-Paul II *Ad tuendam fidem* par lequel sont insérées plusieurs normes dans le Code de Droit canonique et dans le Code des Canons des Églises orientales. Voir : Jean-Paul II, *La défense de la foi*, Paris, Pierre Téqui, 1998, avec une présentation par Georges Daix, le texte de la Profession de foi et du Serment de fidélité, et la Note doctrinale ; A. Borras, « Éthique et théologie de l'adhésion catholique à l'Église. À propos du Motu proprio *Ad tuendam fidem* (Paris, 20-21 mai 1999) », in *Revue théologique de Louvain*, 30e année, fasc. 4, 1999. pp. 558-563.
[271] Cf. l'élection de Matthias (Ac 1, 15-26) et l'Assemblée de Jérusalem (Ac 15), pour se limiter à ces deux exemples.

des liens essentiels de communion : la foi, les sacrements et l'obéissance à la hiérarchie (cf. c. 205). L'Église « est traversée en permanence par des courants et des sensibilités différents »,[272] mais sa communion trouve son fondement dans l'unique Seigneur qui est sa Tête et l'unique Esprit qui l'anime. Une vision saine de la communication s'applique et s'ajuste bien à la réalité de l'Église en lui permettant d'envisager encore mieux « la vie en commun des chrétiens », « les formes de coopération et d'échange entre baptisés » ou « les rôles et les fonctions à l'œuvre parmi eux ».[273]

****

L'analyse de ces antinomies entre certaines pratiques médiatiques et des attitudes propres à l'institution ecclésiale doit être tempérée par la distinction fondamentale entre les deux instances dont l'agir est par nature communicationnelle. L'Église est une société visible certes, mais surnaturelle. Elle est un « tout social [...] au service de l'Esprit du Christ qui lui donne la vie, en vue de la croissance du corps. »[274] On ne peut donc imposer aux médias qui sont des moyens mis en œuvre par le génie humain, les mêmes exigences qu'au corps mystique du Christ. Ceux-là ne sont pas en vis-à-vis avec l'Église. Même si la plupart des médias sont non confessionnels, cette non-confessionnalité ne doit pas être vue comme une posture adoptée contre la religion.

Les constats dressés dans nos analyses nous imposent l'impérieux devoir de proposer un discernement particulier sur la manière dont les médias peuvent servir la mission de l'Église et les deux ensemble – tenant compte avant tout des sujets agissant dans les médias – servir l'humanité et faire rayonner la gloire de Dieu. Cet impératif suit sans sinuosité la ligne de notre hypothèse de départ à savoir qu'une double contrainte (*double bind*) s'impose à l'Église : la contrainte de la communication et celle de la vigilance qui doit être totalement distincte de la suspicion.

---

[272] H. Tincq, « Églises-médias : la double méprise », *op. cit.*, p. 174.
[273] J.-M. Bomengola-Ilomba, *op. cit.*, p. 298.
[274] LG 8.

Chapitre IV

Les moyens de communication sociale au service de l'activité pastorale de l'Église en Haïti

Dans l'exhortation apostolique post-synodale *Ecclesia in America,* le Pape Jean-Paul II rappelait que la connaissance et l'utilisation des moyens de communication sociale sont indispensables puisqu'« il est fondamental d'avoir une profonde connaissance de la culture actuelle, dans laquelle les moyens de communication sociale ont une grande influence. »[275] Cela conforte l'idée que la communication médiatique doit être l'objet d'une culture dans l'Église et non d'une fascination ni d'une stratégie de contrôle par l'imposition d'une charte de devoirs aux médias. En cela se révèlent une nouvelle fois les limites d'un décret comme *IM*. Ce décret, sans les développements ultérieurs auxquels les pères conciliaires ont eux-mêmes appelé, ne nous aide pas à dépasser l'approche moralisante. W. Lesch dit à propos

---

275 Jean-Paul II, *Ecclesia in America,* n° 72 §1.

de ce texte conciliaire : « Malgré [son] point de départ favorable et le projet d'une orientation novatrice, *Inter mirifica* n'est pas devenu une référence classique de la théologie catholique en matière de communication. »[276] Dans une perspective ouverte sur les développements doctrinaux ultérieurs au concile et situés dans les fondements théoriques que dans les précédents chapitres nous avons posés, nous proposons dans le présent chapitre une réflexion éthique sur la médiatisation de la communication ecclésiale et sur sa mise en œuvre concrète.

1. Reconnaissance et exigence éthique

Nos réflexions s'enracinent ici dans un souhait du CPCS formulé dans *CP*. C'est qu'en s'arrêtant aux principes généraux et aux conseils pastoraux sur la question, l'Instruction *Communio et progressio* a laissé aux Évêques et à leurs Assemblées, ainsi qu'aux Synodes des Églises Orientales le soin de déterminer, dans un esprit collégial, « les applications pratiques pour leurs populations et leur région, dans la perspective de l'Unité de l'Église. »[277] Une tâche qu'ils ont à accomplir « avec le secours d'experts et l'aide de Conseils diocésains, nationaux et internationaux ».[278] L'Instruction invite les Assemblées épiscopales à faire pour cela « appel au concours des prêtres, des religieux et des laïcs, chacun dans leur domaine, puisque c'est tout le Peuple de Dieu qui est concerné par les moyens de communication sociale. »[279]

Notre démarche revisite trois éléments proposés dans CP « pour que les media soient réellement au service de l'homme »[280] :

---

[276] W. Lesch, « *Inter mirifica* : Un texte révélateur de problèmes communicationnels », *op. cit.*, p. 178. L'élaboration de *IM* a été un processus mouvementé. Certains de ses commentateurs y voit un interlude entre les constitutions sur la sainte liturgie (*Sacrosanctum Concilium*) et sur l'Église (*Lumen Gentium*), un document dont la préparation ne peut être considérée comme réussie. Son genre est d'ailleurs une innovation dans la littérature conciliaire qui connaissait la constitution et le décret, mais pas la déclaration. Il semble donc que le concile n'a pas souhaité prendre une position doctrinale sur le sujet, mais simplement exprimer et consacrer la nouvelle attitude de l'Église que l'on tendait à considérer comme mouvante malgré ses évolutions au cours du 20ᵉ siècle (voir : *Supra*).
[277] CP 4.
[278] *Ibid.*
[279] *Ibid.*
[280] *Ibid*, 63.

1) La formation qui a pour but d'inculquer « les principes fondamentaux gouvernant le fonctionnement des *media* dans la communauté humaine ».[281]

2) Les devoirs des responsables et des auteurs d'une part, et ceux des usagers de l'autre. Aux uns, il appartient de rechercher les buts profonds des « échanges qui ont lieu dans cette sorte d'immense univers constitué par les *media*... [afin] d'en promouvoir le progrès et d'amener les hommes à des relations de véritable communion. »[282] Aux autres, il revient de ne pas être passifs ; ce, à travers une interprétation sérieuse de ce que leur transmettent les médias. Le CPCS est bien conscient que la communication est indéfectiblement liée à l'herméneutique puisqu'elle est un univers de signes s'ouvrant sur un champ de signifiance comme dévoilement continuel du sens.

3) La concertation. Une éthique de la communication en tant qu'échange ne va pas sans une *éthique de la discussion* dont les conditions minimales se trouvent dans un « consensus rationnellement motivé » selon J. Habermas.[283] L'Église, elle, entend la concertation selon une perspective encore plus large.[284] Elle doit être obtenue : entre citoyens et autorités, entre les nations, et enfin entre tous les chrétiens, les croyants, les hommes de bonne volonté. Ici nous nous limitons au seul aspect concernant l'Église et les médias avec les déterminités (*bestimmtheit*) qu'ils incluent.

---

281 *Ibid.*, 64.
282 CP 73.
283 Cf. J. Habermas, *Morale et communication,* traduction de Christian Bouchindhomme, Paris, Cerf, 1986 (1983). D. Bougnoux trouve ce préalable, non pas en allant chercher dans l'exigence de validité des normes qui rendent possible la discussion, mais simplement dans le fait pour les interlocuteurs de « s'identifier mutuellement comme des interlocuteurs *valables*. » (D. Bougnoux, *Introduction aux sciences de la communication,* p. 41).
284 *AN* (n° 8-9) a entre autres réfléchi sur les médias au service du dialogue avec le monde actuel, de la communion humaine, du progrès social, et de la nouvelle évangélisation. C'est, parmi tout le reste, reconnaître que les médias participent de la construction de l'espace public, mais plus largement de l'espace communicationnel.

1.1. Le dialogue de la reconnaissance

La nécessité d'une connaissance réciproque entre Église et médias peut désormais être posée comme un truisme. Elle doit favoriser le travail du journaliste ou des animateurs d'émissions portant sur la religion, mais aussi un usage plus éclairé des moyens de communication par l'Église. Au-delà de cette connaissance réciproque, c'est la reconnaissance qui doit être la règle dans tout projet de communication. Ce qui amène à voir au-delà des choses, des sujets humains, des êtres de relation. À cette condition, les rapports peuvent cesser d'être seulement techniques pour devenir plus justes et plus authentiques, c'est-à-dire avant tout pragmatiques. C'est la confusion entre les moyens de communication et la communication elle-même qui réduit les relations entre « sujets », qui sont des relations de premier ordre, aux relations avec des objets ou des moyens techniques. Cette ambiguïté est facile à appréhender si l'on recourt à l'explication de M. Buber. « Le *Je* de l'homme est double », écrit-il, « le *Je* du couple verbal *Je-Tu* est autre que celui du couple verbal *Je-Cela*. »[285] Les moyens de communication sociale (*cela*) sont des instruments, des outils, et la communication n'est réductible à ces puissants moyens techniques que par erreur de la part des sujets communiquant c'est-à-dire le *je* et le *tu*. Ainsi, les médias ont à se faire mieux connaitre et mieux comprendre de l'Église. Et cela doit, à l'inverse, être aussi vrai pour l'Église. L'expression « communication sociale » est heureuse en ce sens et nous évite de nous éterniser seulement sur la notion de « moyens » en faisant l'erreur de réduire la communication à une pure question technique. Alors que l'expression *mass-media* est courante aux États-Unis et reprise par beaucoup au moment où le concile adopte le décret *IM*, l'Église lui a préféré le terme de « moyens de communication sociale ».

> La notion de « communication sociale » élaborée au moment du concile Vatican II (1962-1965) a constitué le point de départ d'une réflexion catholique contemporaine

---

[285] M. Buber, *Je et tu*, p. 35.

sur les moyens de communication dans une société où ils prenaient une part croissante. Le terme, créé semble-t-il par le jésuite Enrico Baragli (Devèze, 2001) et employé pour la première fois dans le décret conciliaire *Inter Mirifica* (1963), désigne l'ensemble des dispositifs médiatiques modernes, techniques ou non, et leur usage dans la société. Il vise à traduire, de façon chrétienne, personnaliste, et latine, l'expression « mass media » (Jankowiak, 1999 ; Douyère, 2010 b), et à servir d'assise à l'utilisation chrétienne des médias dans l'opinion publique.[286]

Par ce choix terminologique, l'Église veut signifier le fait que les moyens dont il s'agit n'existent pas pour eux-mêmes, mais sont au service de la relation et surtout de la communion. « La communication fait société, et réciproquement, et […] les médias s'adressent à des personnes créatrices et non simplement passives, non à une masse. »[287] La pragmatique sous-jacente à notre démarche invite justement à surtout réfléchir sur les sujets eux-mêmes plutôt que tout autre chose. La *pragmatique fondamentale* J.-M. Ferry invite ainsi, au-delà de la question du sens et du langage, à la question de la reconnaissance comme problème de « "reconstruction" de l'identité morale ».[288] J.-M. Ferry nous permet alors – dans le projet éthique d'une communication ecclésiale – de « parler d'un « partage grammatical du monde», dont il s'agit de reconstruire les conditions. »[289] Dans ce partage, coexistent « le *il* neutre des objets, le *tu* de l'interlocution et de l'interaction, le *je* que chaque sujet devient pour lui-même dans la réflexion ».[290] Certes, nous envisageons ici ce monde comme un microcosme d'interactions Église/médias, mais il est extensible à l'infini. Comme P. Ricœur l'a montré à propos de la pensée de J.-M. Ferry, le « disciple et successeur de Habermas » ne se

---

286 D. Douyère, « De l'usage chrétien des médias à une théologie de la communication : le père Émile Gabel », in : *Le Temps des médias*, vol. 17, n° 2, 2011, p. 64.
287 D. Douyère, « La communication sociale : une perspective de l'Église catholique ? Jean Devèze et la critique de la notion de « communication sociale » », *art. cit.*, p. 73.
288 Cf. J.-M. Ferry, *Les puissances de l'expérience*, coll. Passages, Paris, Cerf, 1991. Cf. A. Olivier, « Les puissances de l'expérience », in *Autres Temps. Les cahiers du christianisme social*. N°35, 1992. P. 79.
289 P. Ricoeur, « La grammaire de Ferry », in *Libération* [en ligne], 12 mars 1992, http://users.skynet.be/jean.marc.ferry/ricoeur.html. Consulté le 19 avril 2018.
290 *Ibid.*

complait pas « dans la communication argumentative : le jeu des signes et des échanges est enraciné plus bas, dans les premières « puissances de l'expérience «, même s'il est vrai que la grammaire des pronoms personnels n'est pleinement déployée qu'avec le «discourir «, troisième « puissance de l'expérience »[291]

En effet, le *je,* tel que pensé par J.-M. Ferry, n'est pas autotélique ni égologique. C'est un risque qui pourtant n'exclut personne, ni même les chrétiens, dès qu'ils se plaisent à gommer les différences et la diversité, à nier l'altérité ou, pire encore, à fuir le monde sous prétexte qu'il est le siège du péché. Le risque du repliement est individuel, mais il est aussi collectif et institutionnel. Tant à ses membres, pris individuellement, qu'à l'Église comme entité collective, s'impose donc la nécessité de l'ouverture, de la reconnaissance. Or, il ne peut y avoir de reconnaissance sans le préalable de la connaissance. L'Église est pleinement consciente d'ailleurs de cet indispensable. « Il faut que, dans notre pastorale, écrit E. Gabel, nous tenions compte du phénomène de la communication sociale. Il faut que nous le fassions d'une manière authentique, c'est-à-dire dans la connaissance exacte et objective du phénomène. Or, la plupart du temps, ne nous contentons-nous pas d'approximations ? »[292] se questionne-il. Le sentiment de *science infuse* peut nous habiter et nous pousser à nous lancer dans des envolées discursives par improvisation à travers les médias ou sur les médias. Pareille attitude peut conduire à la conclusion que les médias sont exclusivement et sans exception, des lieux de pratiques malsaines ou malveillantes lorsque notre communication échoue dans sa fonction perlocutoire.

Dans la perspective du père E. Gabel, qui entreprit de fonder « la pratique médiatique dans la doctrine chrétienne »,[293] les

---

[291] *Ibid.*
[292] E. Gabel, *L'enjeu des médias,* p. 395.
[293] D. Douyère, « De l'usage chrétien des médias à une théologie de la communication : le père Émile Gabel », *art cit.,* p. 64. Le père E. Gabel, Assomptionniste, est un « acteur majeur de la presse catholique des années 1950 et 1960 » (*Ibid.*). Il a eu une vraie et longue expérience de praticien de la communication médiatique. Sa réflexion sur la communication s'inscrit dans une perspective théologique et est influencée à la fois par la théorie de l'évolution teilhardienne et par le dominic-

médias sont reconnus comme « moyens d'accomplir le plan de Dieu »[294]. De cette affirmation découle une praxéologie qui n'est autre qu'une intelligence de l'agir médiatique de la part de l'Église. Cette praxéologie oriente ceux qui – au nom de l'Église, à un titre ou à un autre – prennent la parole dans les médias, vers l'adoption d'un comportement digne, sobre et équilibré.

Il existe, comme nous l'avons déjà évoqué, « des médias qui baignent dans une atmosphère d'inculture et d'indifférence religieuses, et qui ne savent plus mettre en perspective ni analyser correctement les phénomènes religieux.»[295] Mais beaucoup d'acteurs de l'Église ignorent également le fonctionnement du monde médiatique. Autant qu'une meilleure connaissance de la culture religieuse est nécessaire aux acteurs médiatiques, celle des médias l'est aussi pour les acteurs de l'Église. Ils peuvent donc construire des projets d'échange et d'interrelation mobilisant entre autres : les structures de recherches et d'enseignement et les différentes entités particulièrement associatives du monde médiatique. D. Wolton disait avec raison que le journalisme doit mieux faire connaître « ses pratiques et sa diversité, refuser d'être assimilé aux quelques stars qui tiennent le devant de la scène et casser son apparente unité. Tant que les journalistes n'arriveront pas à casser cette fausse unité, le public restera sceptique à leur égard ».[296]

Lorsqu'enfin entre l'Église et les médias la reconnaissance est effective, témoins de la foi et acteurs des médias trouvent leur place dans la société humaine globale ou dans une société particulière comme serviteurs de la vérité, de la concorde ou de la communion. « Quelle est, en effet, malgré les apparences et même malgré nos fautes, la haute et définitive vocation des journalistes ? Sinon de mettre en communion les hommes les uns avec les autres, sinon de maintenir la société en état de dialogue

---

ain M.-D. Chenu qui marque la double théologie du travail et du loisir de l'Assomptionniste.
294 *Ibid.*, p. 68.
295 H. Tincq, *op. cit.*, p. 175.
296 D. Wolton, *Il faut sauver la communication,* Ed. Flammarion, Paris, 2005. Cité par V. Sérant, « Il faut sauver le journalisme en Haïti », in *Alterpresse* [en ligne], 3 novembre 2005, http://www.alterpresse.org/spip.php?article3507#.WtfmZ4hubIU. Consulté le 18 avril 2018.

? »[297] L'Église, loin d'être une entité parallèle aux médias, donne à cette vocation journalistique un enracinement dans le dessein de Dieu pour l'homme. Elle fait résonner à travers les médias, et en même temps pour les acteurs des médias, la Bonne nouvelle de la dignité humaine et de la vocation de tout homme à la communion et à la paix.

1.2. L'éthique de la communication médiatique

Si tant est que les reproches entre Église et médias sont réciproques, l'éthique de la communication transcende cette controverse latente. Elle nie toute volonté de puissance, invite à l'ouverture et oriente vers une attitude d'intercompréhension. Cette éthique suppose des normes propres à la nature de l'activité communicationnelle, laquelle concerne des sujets de liberté et de volonté. Cette activité s'accomplit au moyen d'actes de langage. Un acte communicatif, impliquant des sujets dans une situation topologique et chronologique, comporte des enjeux éthiques qui peuvent être évalués sur la base des critères de jugement de tout acte humain comme acte moral, à savoir : l'objet, l'intention et les circonstances de l'acte. Une telle éthique ne peut être envisagée en dehors du droit et de la déontologie.

Dans le cadre de la communication médiatique, on peut parler d'une infoéthique, terme utilisé pour la première fois par Benoit XVI dans son message pour les journées mondiales des communications sociales de 2008.[298] Ce message du Pape Benoit XVI situe la place des médias « au carrefour entre rôle et service » : le rôle de chercher la vérité et le service de la partager avec le public. Ce devoir impose aux médias qu'ils servent la justice et la solidarité au lieu de se transformer en instruments idéologiques de manipulation de l'opinion. « La saine formation de l'opinion publique exige que le public ait accès aux moyens d'information et qu'il ait également la pleine liberté d'exprimer

---

297 E. Gabel, *op. cit.*, p. 56.
298 Benoit XVI, « Les médias : au carrefour entre rôle et service. Chercher la Vérité pour la partager », Message pour les journées mondiale des communications sociales [en ligne], 24 janvier 2008, https://w2.vatican.va/content/benedict-xvi/fr/messages/communications/documents/hf_ben-xvi_mes_20080124_42nd-world-communications-day.pdf. Consulté le 18 avril 2018.

sa pensée. La liberté d'opinion et le droit à l'information vont de pair. »[299] L'espace public médiatique doit, comme l'aurait dit J. Habermas, redonner sa place à la *publicité critique* aux dépens de la *publicité de démonstration et de manipulation*.[300] Les médias ont la vocation de contribuer au service du bien commun en général ainsi qu'à la croissance des personnes.[301] Par contre, lorsqu'ils sont instrumentalisés par la finance et les idéologies, ils deviennent des miroirs déformants.

> Chaque communication doit obéir aux grandes lois de la sincérité, de l'honnêteté et de la vérité. L'intention bonne et la volonté droite ne suffisent pas à rendre une communication honnête. Il faut en outre rapporter les faits selon la vérité, en donner une image fidèle, conforme à la réalité profonde. Le mérite et la valeur morale d'une information ou d'une émission ne dépendent pas seulement du sujet traité, ni de la doctrine qui y est implicitement contenue, mais aussi du genre adopté, du ton et du style de présentation, du contexte dans lequel elle s'insère, en fonction du public auquel elle est destinée.[302]

S. Halimi, dans *Les nouveaux chiens de garde*, estime que « les journalistes ont presque toujours été corsetés dans un costume de contraintes. Au siècle dernier, la liberté de la presse appartenait déjà à ceux qui en possédaient une ; pour les autres, c'étaient *silence aux pauvres !* »[303] Ainsi l'auteur se demande : « Comment le professionnel de l'information a-t-il pu imaginer qu'un industriel allait acheter un moyen d'influence tout en

---

299 CP 33.
300 Pour J. Habermas, auteur de cette opposition la *publicité de démonstration et de manipulation* est une subversion du principe de publicité. Voir : J. Habermas, *L'Espace public : archéologie de la publicité comme dimension constitutive de la société bourgeoise*, Paris, Payot, 1988 (1962), 322 p. Si nous ne nous arrêtons pas à la discussion à laquelle pouvait donner lieu ces notions, c'est parce que tout en leur reconnaissant une certaine justesse au nom de laquelle nous les empruntons à l'auteur, le fondement de l'éthique qui nous sert de référence, celle que l'on peut saisir en parcourant les documents et discours magistériels de l'Église, s'enracine dans une vision chrétienne où trouvent leur place tant la loi naturelle que la métaphysique.
301 Cf. AN 7. CP affirme en ce sens que : « La production d'ensemble des moyens de communication sociale dans une région donnée doit être appréciée par sa contribution au bien commun. » (CP 16).
302 CP 17.
303 S. Halimi, *Les nouveaux chiens de garde*, p. 68.

s'interdisant de peser sur son orientation » ?[304] J. A. Louis-Juste pense ainsi que « l'arme de la presse, c'est la liberté. [Mais] elle en use et en abuse dès que des armes sont pointées contre certains intérêts privés. »[305] Aussi, pour J.-A Louis-Juste :

> [...] Au nom de la liberté de presse, on dénonce la dictature politico-militaire, sans énoncer sa partenaire contemporaine : la dictature du marché. Ces us et abus ne conjuguent pas les temps du capital, puisque ce dernier ne montre aucune dimension spatio-temporelle dans les coutumes de la presse haïtienne. La liberté de presse s'exprime par la parole pour domestiquer l'esprit et gagner les cœurs ; les armes politiques crachent le feu pour asservir la presse et faire perdre des battements cardiaques. Dans l'un ou l'autre cas, le capital est libre d'opérer ses transactions pour sa reproduction élargie ; son métabolisme conditionne l'exercice des professions de presse et des armes. La parole et le feu n'ont donc pas à priori des significations déterminées ; leur sens est contenu dans un contexte sociohistorique particulier.[306]

Il existe donc une distinction entre presse de la liberté et liberté de presse habilement saisie par J.-A Louis-Juste. Pour que la première soit effective, il faut que se réalisent les conditions d'un libre exercice du journalisme. L'auteur avance, en ce sens, la thèse de l'aliénation dans la pratique journalistique en Haïti sur la base d'une recherche effectuée par un groupe d'étudiants de la FASCH visant la falsifiabilité ou la réfutabilité épistémologique des théories sociologiques apprises. Plusieurs auteurs, chercheurs et journalistes haïtiens ont repris la notion de « journalisme de marché » (F. Séguy, 2006 ; V. Sérant, 2009 ; E. Décimé, 2013) pour qualifier la pratique de ce métier par beaucoup en Haïti. V. Sérant témoigne à cet effet que « de plus en plus de journalistes haïtiens soucieux tant soit peu des principes de savoir-vivre et d'éthique professionnelle, se plaignent de l'atmosphère prévalant

---

304 *Ibid.*
305 J.-A. Louis-Juste, « Pourquoi la plupart de nos travailleurs de la presse n'éduquent pas pour le libre développement ? », in *AlterPresse* [en ligne], 29 décembre 2004, http://www.alterpresse.org/spip.php?article2034#.Wtnov4hubIU. Consulté le 17 juillet 2017.
306 *Ibid.*

sur les lieux de collecte d'informations ».[307]

Seule une formation qui aide « davantage à comprendre le monde et à s'y insérer comme sujet libre »,[308] peut vraiment sauver le journaliste dans l'exercice de son métier. Sans verser dans un académisme étriqué qui ignore ce que les pratiques empiriques peuvent apporter au professionnalisme du journaliste, il faut dire que de toute évidence pour agir moralement, il faut agir en sujet libre et responsable. Le degré de responsabilité d'un sujet étant conséquentiel par rapport à l'effectivité de sa liberté. Et parce que celle-ci n'est pas univoque, mais à la fois immanente (elle se forme à partir du monde concret) et métempirique (elle transcende ou dépasse toute réalité extérieure en ses principes et ses sources) – la dimension cognitive du jugement volontaire fait alors de la question de la formation intellectuelle ou académique une question importante pour l'éthique de la communication médiatique.

On ne peut être vraiment responsable sans être libre ni l'inverse. Toutefois l'atténuation de l'imputabilité de la responsabilité morale ne supprime pas la gravité du devoir éthique. Car la conscience morale garde entière une certaine responsabilité de l'agent qu'est le sujet moral. Il existe une responsabilité *a quo* qui pose la question « à quoi je m'engage ? », concomitante à celle de savoir « que dois-je faire ? ». Au bout du compte, il est urgent que les écoles de journalisme insèrent dans leur curriculum l'enseignement d'une vraie « éthique de la communication » qui va au-delà d'un simple commentaire des quelques lignes des codes de déontologie, mais qui convoque à la fois la philosophie de la communication et l'ensemble des sciences humaines.

En conclusion, les médias doivent se sentir contraints par tous « les principes éthiques et les normes importantes dans d'autres domaines »[309] :

---

307 V. Sérant, « Il faut sauver le journalisme en Haïti », *art. cit.,* s.p.
308 J.-A. Louis-Juste, « Pourquoi la plupart de nos travailleurs de la presse n'éduquent pas pour le libre développement ? », *art. cit,* s.p.
309 CPCS, *Ethiques dans les communications sociales,* n° 20.

> Les principes d'éthique sociale, comme la solidarité, la subsidiarité, la justice et l'équité, et la responsabilité dans l'utilisation des ressources publiques et l'accomplissement des rôles de confiance publique sont toujours applicables. Un exemple de bien humain ne peut jamais être directement violé au nom d'un autre. La communication doit toujours être fidèle, car la vérité est essentielle à la liberté individuelle et à la communion authentique entre les personnes.[310]

L'espace médiatique comme « espace technique et symbolique »,[311] ne participe pas seulement du socle de l'espace public, il concerne surtout des « réalités qui pèsent profondément sur toutes les dimensions de la vie humaine (morales, intellectuelles, religieuses, relationnelles, affectives, culturelles), mettant en jeu le bien de la personne, il faut réaffirmer que tout ce qui est techniquement possible n'est pas éthiquement praticable. »[312] Étant donné que « la personne humaine et la communauté humaine sont la fin et la mesure de l'utilisation des moyens de communication sociale ; la communication devrait se faire par des personnes en vue du développement intégral d'autres personnes. »[313]

2. Pour une communication au service du dialogue avec le monde et de l'évangélisation

2.1. Nouvelle médiatisation

Il n'est nullement trop ambitieux d'initier une démarche de proposition d'une nouvelle médiatisation du religieux, appelée à être approfondie et même repensée. L'invitation « à approfondir le sens de tout ce qui touche à la communication et aux médias, et à le traduire dans des projets concrets et réalisables »,[314] est un

---

310 *Ibid.*
311 E. Dacheux, *Les relations entre espace communicationnel, espace médiatique et espace public*, 2003, <sic_00000624>.
312 Benoit XVI, « Les médias : au carrefour entre rôle et service. Chercher la Vérité pour la partager », n° 3.
313 CPCS, *op. cit.*, n° 21.
314 AN 3.

vœu explicitement formulé par l'Église elle-même. De même que l'Église s'est invitée à nouvelle évangélisation,[315] une « nouvelle médiatisation » du religieux est aujourd'hui souhaitable. Si celle-là se définit par les trois composantes que sont une nouvelle méthode, une nouvelle expression et une nouvelle ardeur, pour celle-ci, deux éléments suffisent : une nouvelle prise en compte des moyens de communication sociale par les acteurs de l'Église à la lumière de la doctrine sociale de l'Église et une nouvelle attitude ou un agir communicationnel renouvelé à la source cette doctrine sociale.

Une nouvelle prise en compte des moyens de communication sociale

La nouvelle prise en compte que nous proposons n'exige pas de développement particulier ici dans la mesure où elle constitue l'une des lignes directrices du déploiement de notre pensée dans l'ensemble de cet ouvrage. Elle doit être cherchée d'abord dans la pensée de l'Église. Celle-ci se trouve plutôt sommairement affirmée dans le décret *IM*. Selon W. Lesch, « le discours sinueux du décret est corrigé et enrichi par la constitution pastorale

---

315 J. Rigal a sans doute tort en attribuant à Jean-Paul II la paternité de l'expression *nouvelle évangélisation*. Selon le théologien : « Jean-Paul II employait pour la première fois l'expression *nouvelle évangélisation*. C'était dans un discours au CELAM (le conseil épiscopal latino-américain) à Port-au-Prince, le 9 mars 1983, lors du cinq-centième anniversaire du travail missionnaire en Amérique latine. Voici l'expression resituée dans son contexte : "La commémoration du demi-millénaire d'évangélisation aura sa pleine signification dans la mesure où elle est un engagement pour vous, comme évêques, avec vos prêtres et vos fidèles ; un engagement, non de ré-évangélisation, mais d'une *nouvelle évangélisation,* Nouvelle en son ardeur, dans ses méthodes, dans son expression". » (J. Rigal, « La Nouvelle Évangélisation. Comprendre cette nouvelle approche. Les questions qu'elle suscite », *Nouvelle revue théologique*, 2005/3 (Tome 127), p. 437). Cette paternité est contestée par M. Deneken : « Si fortement identifié soit-il à son pontificat, le concept de *nouvelle évangélisation* n'apparaît pas avec Jean-Paul II, même si c'est sous sa plume que l'expression prend l'importance que l'on sait. Celle-ci apparaît pour la première fois, semble-t-il, à la deuxième assemblée générale de la conférence épiscopale d'Amérique latine, à Medellin en 1968, dans le document final. Directement référée à Vatican II, elle vise à interpréter dans les documents de Medellin ce que le concile avait défini comme mission de l'Église. » (M. Deneken, « La mission comme nouvelle évangélisation », *Revue des sciences religieuses* [En ligne], 80/2 | 2006, http://journals.openedition.org/rsr/1880. Consulté le 15 avril 2018). C'est ce qui est de fait avéré. Ainsi peut-on lire dans le *Documento basico preliminar,* « para la II conferencia del Episcopado Latino americano (Celam) », in *Christus* (Espagnol), n° 393, 1968, p. 757 : *La Iglesia podrá hacer frente una « nueva evangelización » del continente.* (Cité dans : P. Aris, *Le modèle ecclésiologique de Monseigneur Romero,* p. 67). Le P. Jean Rigal aurait peut-être raison d'attribuer en ce sens à Jean-Paul II, la première définition systématique, en même temps ouverte et méthodique de la notion de *nouvelle évangélisation*.

Gaudium et spes qui aborde aussi le thème des médias sans tomber dans le même piège que le [...] texte approuvé deux ans plus tôt ».[316] Ce que *GS* apporte de particulier au discours sur les moyens de communication sociale c'est la conscience de leur inclusion dans « les éléments de la mutation rapide de la société contemporaine »,[317] reconnaissant ainsi « la légitime autonomie de la culture dont les médias font partie. »[318] *GS* transcende le conflit qui se crée dans les considérations habituelles entre culture et christianisme, jadis « considérés comme des antipodes »[319]. Ce conflit n'existe plus « dès lors que les chrétiens s'engagent en faveur d'une création culturelle accessible à tout le monde. *Gaudium et spes* parle en termes de droit à bénéficier de la culture et renonce à l'appel unilatéral aux devoirs qui caractérise la morale autoritaire d'*Inter mirifica*. »[320]

Une nouvelle attitude de l'Église envers les médias

Les médias ne sont pas seulement des moyens en tant que simple courroie de transmission ou organe de relai d'un discours qui porterait en soi sa propre herméneutique et qui n'aurait d'autre but que la persuasion. Dans la communication, telle que nous l'entendons ici et selon les fondements théoriques de notre approche, le sens est aussi une co-construction des interactants auquel participe aussi un contexte. Si dans sa fonction d'enseignement (*munus docendi*), l'Église attend de ses membres une réponse de vie qui dépend entre autres des facteurs de réception de son discours doctrinal, dans les relations

---

316 W. Lesch, « *Inter mirifica* : Un texte révélateur de problèmes communicationnels », *op. cit.*, p. 187. Selon l'auteur, « la lecture appropriée d'*Inter mirifica* doit se faire à la lumière de *Gaudium et spes* et de *Dignitatis humanae*, l'autre grand texte qui offre des clés d'analyse pour une meilleure appropriation du monde des médias dans une perspective catholique respectueuse de la liberté. » (*Ibid.*, p. 188). Cette lecture intertextuelle nécessaire est clairement affirmée dans l'Instruction *CP* : « Plusieurs documents conciliaires de Vatican II introduisent à une compréhension plus totale et à une analyse plus pénétrante de la communication sociale et du fonctionnement de ses moyens dans la société actuelle. Tels sont surtout : la *Constitution sur L'Église dans le monde de ce temps*, le *Décret sur L'œcuménisme*, la *Déclaration sur La Liberté religieuse*, le *Décret sur L'Activité missionnaire de l'Église*, le *Décret sur La Charge pastorale des évêques* et particulièrement le décret qui est entièrement consacré à l'étude des moyens de communication sociale. » (CP 2).
317 *Ibid.* Cf. GS 3.
318 *Ibid.* Cf. GS 54.
319 *Ibid.*, p. 187-188.
320 *Ibid.*, p. 188.

avec les médias, la réponse attendue dépend de préférence de cette nouvelle attitude sur le terrain des interactions. Il y a là un nouveau prétexte pour l'Église d'assumer la communication comme constitutive de sa nature. Il ne s'agit pas seulement pour les médias d'être utiles à l'Église qui évangélise, mais d'être au service de la croissance et de la perfection de la créature. Ladite réponse doit être alors appréhendée selon une double perspective : la perspective diachronique qui concerne le changement dans le temps du comportement des acteurs accueillant positivement la nouvelle attitude ecclésiale ; la perspective synchronique nous situant dans l'espace interactionnel entre acteurs médiatiques et acteurs de l'Église.

> [...] Les moyens de communication contribuent grandement à l'union entre les hommes. Mais, s'il y a erreur ou ignorance, si la bonne volonté fait défaut, leur usage peut produire un effet opposé : l'incompréhension mutuelle et le dissentiment. Il peut en résulter de graves conséquences, par exemple : la négation ou l'altération des valeurs essentielles de la vie humaine. L'esprit chrétien conclut de ces dépravations qu'il faut en libérer l'homme et l'arracher au péché, introduit dans l'histoire du genre humain lors de la chute originelle.[321]

De même que l'amour salvifique de Dieu demeure envers la créature déchue, le défaut de la bonne volonté qui détourne parfois les moyens des fins nobles ne peut amener l'Église à manquer à sa mission de mettre la communication au service du bien de l'homme, de son bien ultime. L'impossibilité de communiquer est une conséquence du péché[322] et non un état de fait qu'on peut souhaiter ni devant lequel il faut adopter le défaitisme comme attitude. « L'amour de Dieu envers les hommes ne veut pas se laisser repousser. C'est lui qui, au début de l'histoire du salut, prend l'initiative du contact avec les hommes et qui, lorsque le temps est accompli, se communique lui-même à eux : «et le Verbe

---

321 CP 9. Cf. Rm 5, 12-14.
322 Cf. CP 10.

s'est fait chair». »³²³

2.2. La communication dans l'Église diocésaine

A. La place du service de communication dans la curie diocésaine

Pour donner champ à la pastorale

Pour une nouvelle médiatisation du religieux, l'Église doit investir le monde de la communication non pas comme un monde étranger, mais avec la conscience qu'elle est elle-même un lieu de communication. La communication est constitutive de l'essence même de l'Église, elle a un droit légitime de posséder ses propres médias et de ménager sa propre structure de communication. En tant que moyens techniques, ils sont alors des biens temporels que l'Église peut posséder en vertu d'un droit inné qu'elle se reconnait par les dispositions du canon 1254 §1 du code de droit canonique.

Fort de nos constats et analyses, nous estimons la place d'un service de communication prépondérante dans la vie d'une Église diocésaine, car il peut favoriser son activité pastorale. Il est indicateur d'une *Église en sortie*, cette « Église aux portes ouvertes »[324] que le Pape François entend comme « la communauté des disciples missionnaires qui prennent l'initiative, qui s'impliquent, qui accompagnent, qui fructifient et qui fêtent. »[325] Un service diocésain structuré permet aux moyens de communication d'offrir, de manière pratique, à une Église particulière ce lieu à partir d'où son action pastorale et évangélisatrice franchit les frontières physiques de son territoire.

Durant trois années consécutives, nous avons observé le fonctionnement de l'Église de Nanterre[326] en France en nous posant

---
323 *Ibid.*
324 EG 46.
325 EG 24.
326 Le diocèse de Nanterre, Dioecesis Nemptodurensis, est l'un des diocèses suffragants de Paris, dans une province ecclésiastique qui compte aussi – à côté de Paris érigé en diocèse au 3e siècle et

la question : « quels sont, dans cette Église, les différents éléments susceptibles d'être transposés en contexte haïtien ou d'inspirer la mise en place de services diocésains de communication ? » Cet empirisme d'opportunité n'a pas eu pour objectif de faire du service de communication du diocèse de Nanterre un prototype, mais de prendre en compte ce que cela apporte à l'activité pastorale d'une Église particulière et les efforts à y consacrer.

Dans le diocèse de Nanterre, en effet, une personne déléguée par l'Évêque diocésain est chargée de coordonner le service de communication formé d'une équipe de professionnels travaillant sous sa direction. Selon l'organigramme de ce service :

- Le Délégué diocésain coordonne l'équipe et s'occupe en même temps des réseaux sociaux en particulier ;

- Un Chargé de communication s'occupe du graphisme et de l'*Indesign* ;

- Un Webmaster et vidéaste se charge du site internet du diocèse, de ceux des maisons d'Église et vient en aide, dans ce domaine, aux paroisses ;

- Un Alternant enfin se charge de la production audiovisuelle.

En France, la désignation de ce service dans les différents diocèses n'est pas uniforme et cette diversité n'est pas toujours claire dans son principe. À Nanterre, le « Service de communication » est confié à une personne « laïque en mission

---

en Église métropolitaine dès 1622 – le diocèse de Meaux créé au 4e siècle, le diocèse de Versailles créé en 1801, puis les diocèses de Créteil, d'Évry-Corbeil-Essonnes, de Pontoise et de Saint-Denis, tous érigés en 1966 comme celui de Nanterre. Ce diocèse « correspond au département des Hauts-de-Seine » (http://diocese92.fr/l-eglise-catholique-dans-les-hauts. Consulté le 10 décembre 2017). Il a été érigé le 9 octobre 1966 par décret pontifical de Paul VI et a pour siège épiscopal la ville de Nanterre où se trouve l'église cathédrale. Il a connu jusqu'ici cinq évêques : Mgr Jacques Delarue (1966-1982), Mgr François Favreau (1983-2002), Mgr Gérard Daucourt (2002-2013), Mgr Michel Aupetit (2014-2017), devenu Archevêque de Paris, et depuis septembre 2018, est devenu évêque de Nanterre Mgr Matthieu Rougé. Celui-ci a reçu l'ordre épiscopal en la Cathédrale de Nanterre et pris du même coup possession de ce siège le 16 septembre 2018. 1,6 million d'habitants sont recensés dans ce département de 36 communes, un diocèse de 81 paroisses.

ecclésiale », nommée en tant que Délégué(e) diocésain(e) à la communication. Elle reçoit sa charge directement de l'Évêque qui lui délègue les pouvoirs nécessaires pour accomplir son office. Le diocèse propose cette définition des « Laïcs en mission ecclésiale »[327] :

> Attachés au Christ, attentifs à la vie de leurs contemporains, fidèles à l'Église, les Laïcs en mission ecclésiale sont envoyés dans le diocèse, au titre de leur baptême et de leur confirmation, à une mission spécifique. Celle-ci, pour laquelle ils ont manifesté des compétences et des charismes particuliers, est fixée pour une durée déterminée et s'exerce dans le cadre de différentes pastorales [...]. L'*Évêque* appelle aussi des Laïcs en mission ecclésiale à des responsabilités au niveau du diocèse : les délégués diocésains.[328]

La lettre de mission reçue de l'Évêque présente les grandes lignes d'orientation du service de communication. Il s'agit :

1. d'assurer les relations avec la presse[329] ;
2. de gérer les médias diocésains et leur ligne éditoriale[330] ;
3. de rendre opérationnelle la communication diocésaine en employant les outils de communication[331] ;
4. de veiller aux publications ;

---

[327] En 2017, 236 Laïcs étaient en mission ecclésiale dans le diocèse Nanterre. Cf. Diocèse de Nanterre, « Qu'est-ce qu'un Laïc en Mission Ecclésiale ? » [en ligne], http://diocese92.fr/la-charge-des-laics-en-mission. Consulté le 19 mars 2018.
[328] *Ibid.*
[329] Le service de communication du diocèse assure la tâche d'informer les médias de tout évènement diocésain par communiqué ou dossier de presse. Il assiste l'évêque, les prêtres ou les autres agents de la pastorale diocésaine lorsqu'ils sont sollicités par des journalistes et s'occupe en ce sens de tous les rendez-vous avec la presse et de la relecture des articles concernant l'Église particulière.
[330] À Nanterre, il existe : la *Lettre* (bi-mensuelle) et la *Mini-lettre* en 4 pages (bi-mensuelle) destinée aux enfants du KT, la *newsletter* électronique (mensuelle), le guide écolo-catho (*Laudato Si* expliqué aux enfants), le portable, l'émission « Un Jour un évêque » sur Radio Notre-Dame pour laquelle le service suggère des sujets, le site internet du diocèse (www.diocese92.fr), le site internet du cybercuré (www.cybercure.fr) et les réseaux sociaux (facebook, twitter, instagram, youtube et linkedin) qu'il faut animer et développer.
[331] Le service accomplit cette tâche en accompagnant l'ensemble des services diocésains. Il s'agit par exemple de veiller au respect de l'application de la charte graphique, à la cohérence de la mise en page des publications, de réaliser des tracts, des affiches et visuels pour les différents services, de gérer la chaine de production et d'assurer le pilotage des différents prestataires (agences, graphistes, photographes, imprimeur...).

5. de s'occuper de la communication interne (à travers l'évêché, entre l'évêché et les services pastoraux ou les paroisses)³³² ;
6. de faciliter la communication provinciale pour les campagnes de la catéchèse et du denier de l'Église ;
7. d'établir le plan de communication pour les évènements et les projets diocésains ;
8. de gérer enfin les organes de production.³³³

La pauvreté des moyens

Dans l'ensemble des diocèses d'Haïti où, par ailleurs, on peut constater des efforts appréciables, la communication médiatique diocésaine n'est pas aussi systématiquement structurée. La précarité due à la situation globale du pays ne facilite pas la tâche d'une telle systématicité. Il s'agit de structures et d'infrastructures dont le coût dépasse le plafond budgétaire de ces diocèses. Cependant, la précarité économique ne peut être un motif d'inertie. Les grands moyens ne favorisent pas toujours la réalisation de grandes choses. On peut obtenir d'étonnants résultats avec des moyens très modestes.

En réfléchissant à ce rapport des moyens temporels au service des fins spirituelles, J. Maritain illustre ses propos par l'exemple de l'*invincible Armada* : « Un Roi très catholique,³³⁴ toute l'Espagne en prières, la cause de Dieu à défendre et à promouvoir dans le monde, le foyer de l'hérésie à écraser […] ».³³⁵ Face à la défaite de l'*invincible Armada*, la conclusion de J. Maritain est claire : le déploiement des plus grands moyens ne garantit pas les meilleurs résultats. Les moyens doivent être pris pour ce qu'ils sont et pas plus. « Les mérites des martyrs de Tyrburn […] importaient plus

---

332 Cela passe par l'envoi d'une « brève évêché » une fois par semaine aux paroisses dont le contenu consiste en des informations provenant des différents services, la création et la gestion d'un intranet et d'un extranet.
333 Par exemple, à Nanterre, on compte parmi ces organes le comité de rédaction de la *Lettre de l'Église catholique dans les Hauts-de-Seine*.
334 Philippe II d'Espagne, fils ainé de Charles Quint et d'Isabelle de Portugal, est né le 21 mai 1527 à Valladolid et meurt le 13 septembre 1598. Il reçoit le pouvoir souverain sur l'ensemble du royaume d'Espagne le 16 janvier 1556.
335 J. Maritain, *Religion et culture*, p. 4-5.

aux desseins divins que le triomphe du Roi catholique. »[336] C'est d'ailleurs souvent l'instrument soudé à la main qui empêche d'être libre. Il faut donc comprendre l'importance des moyens selon « l'arithmétique divine ».[337] La situation de *Radio Télé Soleil* au lendemain du séisme de 2010 en Haïti illustre bien cette approche de J. Maritain. Son Directeur d'alors, le père Désinor Jean, devenu Évêque de Hinche, reconnait que « le tremblement de terre du 12 janvier devait tout chambouler. La radio qui existait depuis 31 ans et la télévision qui n'avait que 9 mois s'écroulèrent. Pertes en vies humaines, immeubles détruits, tout notre matériel hors d'usage », conclut-il.[338] Il rappelle ensuite les conditions dans lesquelles la radio puis la télévision se sont remises à émettre :

> La résolution de se relever sous les décombres était prise. Nous ne sommes pas restés inactifs, nous sommes parvenus à poursuivre la tâche d'accompagnement de nos auditeurs et téléspectateurs. Vous vous rappelez sans doute que *Radio Soleil* était revenue sur les ondes deux semaines après le séisme dans un minibus qui était en panne. […] Nous n'étions pas à l'abri de la pluie et du soleil. […] Ce ne fut pas une mince affaire que de faire revenir *Radio Soleil* sur les ondes. Grâce au concours de nos amis de l'extérieur, étape après étape, *Radio Soleil* reprend son visage d'antan. Nous revenons de loin, mais nous sommes présents, plus que jamais déterminés à continuer à vous servir. Cela a pris plus de temps à *Télé Soleil* pour revenir sur les ondes. Comme vous pouvez l'imaginer, la télévision est plus complexe que la radio. Mais nous n'avions pas baissé les bras ; avec opiniâtreté, nous avions fouillé dans les décombres pour extirper *Télé Soleil*.[339]

Dans de pareilles conditions, on peut se demander : comment mobiliser le personnel nécessaire ? Saint Jean de la Croix nous apprend, dans *La montée au Carmel,* que la foi purifie notre

---

336 *Ibid.*, p. 5.
337 *Ibid.*, p. 67.
338 Propos recueillis par J.-C. Boyer, « Vers le Solethon », in *Le Nouvelliste* [en ligne], 18 avril 2012, http://lenouvelliste.com/lenouvelliste/article/104226/Vers-le-Soleton. Consulté le 15 avril 2018.
339 *Ibid.*

entendement, l'espérance purifie la mémoire et la charité purifie la volonté. Il nous semble que lorsque ces facultés de l'homme sont purifiées, *l'inclination intellectuelle* l'emporte sur *l'inclination sensible*.[340] En réalité le séisme nous a donc ramenés à la réalité d'un pays riche autrement qu'à l'aune du modèle capitaliste et consumériste. Haïti et l'Église dans ce pays sont riches de la disponibilité d'hommes et de femmes, disposés à donner de leur force alors même qu'ils ont faim ; de donner de leur indigence alors même qu'ils sont dépouillés de tout ou presque. J. Maritain dit avec raison : « plus ces œuvres et moyens temporels sont riches de matière - plus ils ont leurs exigences propres et leurs conditions propres, plus ils sont pesants. »[341] Le philosophe s'explique en procédant à la distinction suivante :

> Nous pouvons appeler *moyens temporels riches* ceux qui, engagés ainsi dans l'épaisseur de la matière, exigent de soi une certaine mesure de succès tangible [...] C'est l'ombre de la croix qui pèse sur eux [...] Il y a d'autres moyens temporels, qui sont les moyens propres de l'esprit. Ce sont des *moyens temporels pauvres*. La croix est en eux. Plus ils sont légers de matière, dénués, peu visibles, plus ils sont efficaces. Parce qu'ils sont de purs moyens pour la vertu de l'esprit. Ce sont les moyens propres de la sagesse [...] ». [342]

Le témoignage que nous a livré D. Laferrière à propos du séisme dans *Tout bouge autour de moi* est un coup de projecteur sur ce qu'il y a d'essentiel auquel seul le dépouillement ou le dénuement nous ramènent. « L'ennemi n'est pas le temps, écrit l'académicien, mais toutes ces choses qu'on a accumulées au fil des jours. »[343] En témoin de l'événement dévastateur du 12 janvier 2010 en Haïti, D. Laferrière nous rappelle quelque chose d'assez particulier : « les fleurs les plus fragiles se balancent encore au

---

340 Selon la scolastique, l'inclination chez l'homme est de deux sortes : « celle de la vie sensitive et celle de la vie intellectuelle. Sous la première, elle donne naissance aux passions ; sous la seconde, elle s'appelle la volonté. » (J. Gardair, *Les passions et la volonté*, p. 4). Les passions pécuniaires sont de l'ordre de l'inclination sensible.
341 J. Maritain, *op. cit.*, p. 69.
342 *Ibid.*, p. 70-71.
343 D. Laferrière, *Tout bouge autour de moi*, p. 19.

bout de leur tige. Le séisme s'est donc attaqué au dur, au solide, à tout ce qui pouvait lui résister. Le béton est tombé. La fleur a survécu. »[344] Comme le fait observer J. Maritain, « le monde périt de lourdeur. Il ne rajeunira que par la pauvreté de l'esprit. »[345]

En l'état, les données de nos enquêtes sur l'Église d'Haïti ne permettent pas d'affirmer l'existence de service de communication proprement dit dans l'organigramme des différentes curies. Ce qui ne signifie pas que la communication médiatique est absente de la vie de ces Églises. Au moins une station de radio émet depuis chacun des diocèses du pays. Les cérémonies liturgiques sont parfois retransmises en direct. La plupart des mouvements d'Église possèdent un compte Facebook, une chaine YouTube, ou sont accessibles par d'autres réseaux techniques. Quelques paroisses éditent un bulletin ou un feuillet hebdomadaire ou mensuel. Quelques-unes se dotent d'un site internet ou d'un blog. Quant à l'archidiocèse de Port-au-Prince, il possède non seulement un site internet[346], mais aussi une station de radio et de télédiffusion. Des moyens auxquels il faut ajouter les Bulletins *La Quinzaine* et *Pentecôte* ainsi qu'un Bulletin électronique qui a cessé de paraître en 2015. D'autres diocèses procèdent aussi à des publications périodiques telle *Cana* à Jérémie. Mgr Désinor Jean, jusqu'à sa nomination en tant qu'Évêque de Hinche, était en même temps Directeur de *Radio Télé Soleil* et Porte-Parole de l'archevêché, mais il ne coordonnait pas un service de communication au sens strict comme organe de la curie diocésaine.

La communication appartient à la nature de l'Église comme communion des personnes baptisées dans le Christ. Comme l'affirme l'Instruction *CP,* « selon la foi chrétienne, l'union entre les hommes [est la] fin principale de toute communication. »[347] On peut alors arguer que celle-ci n'a pas à être nécessairement visible à travers une structure qui pourrait même la dénaturer

---

344 *Ibid.,* p. 21.
345 J. Maritain, *op. cit.*, p. 73.
346 www.archipaup.org.
347 CP 8.

et en faire un lieu de scénographie où des acteurs se mettent en exergue. Cependant, du point de vue pastoral, l'Église réalise par son agir la mission de conduire le peuple de Dieu et de guider tous les hommes vers le salut et vers le Royaume jusqu'à ce que soit accompli le plérôme.[348] La communication appartient à la fois à l'*essentia ecclesiae*[349] et à la *pastoralis actio*. De ce fait, elle doit prendre des formes visibles d'effectuation.

B. L'importance du service de communication pour l'Église

Le service de communication doit être une structure qui assume pour l'Église particulière la fonction de lieu instanciel de dialogue avec le monde à évangéliser dans ses différentes sphères et composantes. Un tel service est bien aussi souhaitable que d'autres entités diocésaines au service de la mission ou de l'apostolat. La manière dont le Saint Siège définit la place et l'importance de la communication pour lui-même peut inspirer aux diocèses la manière de procéder en ce sens.

En effet, à l'échelon de l'Église universelle, à côté de l'évolution du discours et de l'attitude de l'Église vis-à-vis des médias en particulier des médias dits de masse, on doit souligner à grand trait depuis saint Jean-Paul II une large médiatisation de l'exercice du pontificat romain due à de nombreux facteurs dont les avancées

---

348 Le terme *plérôme* (du grec *plérôma*) est pratiquement employé dans toute la Bible. Dans la LXX, il traduit le mot hébreu melô (אלֹמְ : 37 occurrences) : plénitude. Le verbe grec πληρόω (*pleroo*) a le sens de « parachever, réaliser ». C'est donc sans grande invention que Saint Paul utilise le mot de *plérôme* « exprimer un achèvement idéal ou à venir. L'apôtre s'en sert pour montrer dans l'amour l'accomplissement de la loi (Rm 13, 10), pour annoncer le moment où le peuple se sera converti dans sa totalité (Rm 11, 12) et où seront accomplis les temps voulus par Dieu (Ga 4, 4 ; Eph 1, 10). » L'apôtre Paul fait aussi d'autres emplois du mot *plérôme*. Il l'emploie par exemple au sens de « compléter », « quand il a en vue ce qui manque aux souffrances de Christ (Col 1, 24), quand il remercie les frères de Macédoine d'avoir pourvu à ses besoins (2Co 11, 9), tandis qu'il espère apporter avec lui aux chrétiens de Rome une pleine bénédiction de la part de Christ (Ro 15, 29). Le mot peut, de même, exprimer l'idée d'un développement spirituel qui tend à son terme (Eph 4, 13). Dans ce dernier cas, on pourrait opposer *kénose* (…) de Ph 2, 7 à *plérôme*. C'est par la notion spéculative qui s'y rattache que le mot de *plérôme* présente le plus haut intérêt. » (Http://yves.petrakian.free.fr/456-bible/westphal/4163.htm).
349 Essence dont les attributs se traduisent à travers les *notae ecclesiae*. Voir : « Les attributs de l'essence de l'Église », in *Les contemplatives* [en ligne], https://www.lerougeetlenoir.org/contemplation/les-contemplatives/les-attributs-de-l-essence-de-l-eglise-premiere-partie-la-saintete. Consulté le 24 mars 2018. On peut aussi aborder cette question du point de vue de la distinction Église visible/Église invisible. Voir : Dominique Iogna-Prat, « La «substance» de l'Église (XIIe-XVe siècle) », in *Bulletin du centre d'études médiévales d'Auxerre | BUCEMA* [en ligne], Hors-série n° 7 | 2013, http://journals.openedition.org/cem/13145. Consulté le 24 mars 2018.

technologiques, mais surtout à l'engagement des Papes dans le monde de la communication et sur des sujets d'actualités. saint Jean-Paul II a très nettement défini en ce sens les attributions du *Bureau de presse du Saint Siège*, lequel a pour mission « "de diffuser les nouvelles relatives aux actes du Souverain Pontife et à l'activité du Saint-Siège", et par conséquent, "il jouit, dans l'accomplissement de son travail, à l'instar de *L'Osservatore Romano*, de *Radio Vatican* et du *Centre Télévisuel du Vatican*, d'une autonomie opérationnelle propre". »[350] Sous le pontificat du Pape Jean-Paul II, la place du Bureau de presse devient telle que son Directeur est identifié comme son porte-parole et se fait présent auprès de lui dans presque tous ses voyages. « Depuis la découverte de l'imprimerie au XVe siècle, aucun Pape n'avait été aussi proche des médias que Jean-Paul II ne l'a été. […] Chez lui, "le faire savoir devient aussi important que le savoir-faire". »[351] Après avoir conservé à ce poste Joakim Navarro Valls qui l'a exercé pendant vingt-deux ans, Benoit XVI nomme à sa place le 11 juillet 2006 le prêtre jésuite Frederico Lombardi. Depuis 2016, c'est le journaliste laïc américain Greg Burke qui occupe ce poste.

Dans le cadre de la réforme qu'il entend mener au sein de la curie romaine depuis son élection à la chaire de Pierre, le Pape François avait créé dès 2014 un comité *ad hoc* dont le but était de « proposer une réforme des *media* du Vatican ».[352] Les perspectives étaient claires :

---

[350] « Bureau de Presse du Saint Siège. Profil » in *Notes historiques dans l'Annuaire Pontifical*, 2001, p. 1619-1620. « Le 20 février 1939 fut institué le *Bureau d'Information* de *L'Osservatore Romano*, ayant pour mission de transmettre les informations aux journalistes admis (cf. O.R. 23 février 1939). En 1966, le *Bureau de Presse*, qui avait été institué comme organisme d'information du Concile Vatican II, absorba le précédent bureau et commença à fonctionner comme *Bureau de Presse du Saint-Siège*, sous l'égide de la *Commission Pontificale pour les Communications Sociales*. » ([en ligne], http://www.vatican.va/news_services/press/documentazione/documents/sala-stampa/profilo_fr.html). Les nouvelles directives concernant le *Bureau de Presse du Saint Siège* ont été approuvées par le Pape Jean-Paul II et communiquées par une lettre de la Secrétairerie d'État en date du 28 mai 1986.
[351] F. Barbey, *Jean-Paul II et la communication*, p. 15. Cf. G. Defois et H. Tincq, *Les médias et l'Église. Évangélisation et information : le conflit de deux paroles*, p. 112.
[352] VIS, « Présentation du nouveau cadre économique » [en ligne], http://visnews-fr.blogspot.com/2014_07_09_archive.html. Consulté le 03 juillet 2018.

> Il s'agit d'adapter les divers *media* du Saint-Siège aux nouvelles tendances de la consommation, d'améliorer leur coordination et d'assurer de manière progressive et significative une *économie financière. Sur la base des* récentes expériences positives comme le compte Twitter du Saint-Père, les applications et les réseaux numériques seront renforcés afin de s'assurer que le message du Saint-Père atteigne un plus grand nombre de fidèles à travers le monde, en particulier de jeunes.[353]

Le président du comité, le Britannique Lord Chris Patten rendit son rapport en mars 2015. Après les discussions autour de ce rapport à la neuvième rencontre du Conseil des cardinaux, c'est à une nouvelle commission présidée par le directeur du Centre de télévision du Vatican Dario Edoardo Viganò que fut confiée la tâche de définir les stratégies de mise en œuvre de la réforme. Les conclusions adoptées par cette nouvelle commission a reçu l'approbation du Conseil des cardinaux le 9 juin 2015. Dans le sens de ces conclusions, le *motu proprio* du Pape François *L'attuale contesto comunicativo* du 27 juin 2015, crée un nouveau dicastère dans la curie : le *Secrétariat pour la communication*. L'article 2 des statuts du *Secrétariat pour la communication* explicite sa vocation transversale en disposant que :

> Il revient au Secrétariat pour la Communication de soutenir les Dicastères de la Curie Romaine, les Institutions liées au Saint-Siège, le Gouvernorat de l'État de la Cité du Vatican et d'autres organismes qui ont leur siège dans l'État de la Cité du Vatican, ou qui dépendent du Siège Apostolique dans leurs activités de communication.[354]

La structuration actuelle de la curie dans le projet de réforme du Pape François donne une idée claire sur l'importance pour lui de certains aspects du gouvernement de l'Église universelle et la communication tient en ce sens une place prépondérante. Le message du Pape François pour la 52e journée mondiale des communications sociales exprime bien cette conscience

---
353 *Ibid.*
354 Statuts du Secrétariat pour la communication, art. 2 §2.

de l'importance de la communication : « Dans le dessein de Dieu, la communication humaine est un moyen essentiel de vivre la communion. »[355] Confié à un préfet, le dicastère pour la communication comporte cinq directions et les directeurs sont nommés par le Souverain Pontife pour une durée de cinq ans : 1. la direction pour les affaires générales ; 2. la direction éditoriale ; 3. la direction de la Salle de presse du Saint-Siège ; 4. la direction technologique ; 5. la direction théologico-pastorale. Un Rescrit *ex audientia* du Pape a changé le nom du Secrétariat en « Dicastère pour la communication ».[356]

La communication a un coût à la fois humain et financier, car elle ne peut exister et fonctionner de manière efficace si l'on fait l'économie des ressources intellectuelles, morales et matérielles. Dans l'Église particulière, le service de communication assure, entre autres, une médiation de la parole de l'autorité hiérarchique en tant que pasteur et place en première ligne de la communication médiatique, des personnes qui agissent en son nom et qui sont au service de son ministère pastoral. Cette médiation de la parole de l'autorité et du pasteur par des instances intermédiaires ne suppose pas de sa part un refus de parler au monde ni à ceux dont il reçoit la charge. Il n'est d'ailleurs nullement contre indiqué que l'Évêque diocésain décide d'une communication sans instances intermédiaires avec son Église et la société. Il est en droit de le faire s'il l'estime opportun vu l'importance de la communication pour l'Église, ce tant pour informer que pour annoncer (au sens biblique du mot). L'Évêque diocésain est celui à qui revient, en ce sens, le pouvoir ordinaire propre dans son diocèse et qui, en tant que pasteur de l'Église particulière, est chargé le premier du ministère de la parole. Personne, d'ailleurs, ne peut intervenir dans les médias au nom de l'Église qu'il dirige sans son autorisation.[357] Et même lorsque quelqu'un le fait en son nom propre, l'Évêque

---
[355] François, *La vérité vous rendra libres » (Jn 8, 32). Fausses nouvelles et journalisme de paix*, message pour la 52ᵉ journée mondiale des communications sociales [en ligne], http://w2.vatican.va/content/francesco/fr/messages/communications/documents/papa-francesco_20180124_messaggio-comunicazioni-sociali.html. Consulté le 4 juin 2018.
[356] Cf. « Rescriptum ex Audientia Ss.mi », in *Bollettino sala stampa della Santa Sede*, B0476, 23.06.2018.
[357] Cf. CIC/83, c. 227.

a un devoir de vigilance à cet égard dès lors qu'il est question de foi et de mœurs.[358]

La légitimation du contrôle de l'autorité sur ce qui doit être dit dans les médias ou publié sur la foi et les mœurs est fondée dans les Écritures et dans la Tradition de l'Église. Les mesures contre la diffusion de certaines doctrines datent ainsi de très tôt. Elles visent à garantir la communion dans la vérité et le respect du mandat que l'Église reçoit du Christ pour annoncer la vérité au monde. Le contrôle de l'activité d'enseignement de la foi découle du devoir de l'Église d'enseigner la vérité intègrement et intégralement. C'est la charge qu'exerce l'*episcopê* déjà dans l'Église primitive. Les épiscopes « devaient surveiller et protéger la communauté devant les menaces de certains prédicateurs hérétiques. »[359] Ils exercent donc très tôt une fonction de régulation et de surveillance.[360] À partir du 2e siècle, ils assurent la charge des communautés en tant que responsables.[361] Ils préfigurent la fonction qui est particulièrement aujourd'hui celle de l'Évêque diocésain.

****

De l'idée que l'Église ne peut pas ne pas communiquer et qu'en communiquant elle doit s'astreindre à un devoir de vigilance, découle la nécessité de maîtriser les outils et les moyens de communication en vue d'un agir communicationnel plutôt relationnel et non instrumental. De ce fait, l'Église devrait voir à travers la communication des acteurs d'abord ou des sujets en interaction avant les techniques comme moyens. Car les techniques supposent une intelligence humaine qui les pense, un engagement puis un investissement de soi pour les mettre au service des causes nobles comme la culture, la promotion humaine et l'évangélisation. La vision de la communication qui

---

[358] Cf. CIC/83, c. 823.
[359] S. Doane, « Épiscope/Évêque » [en ligne], http://www.interbible.org/interBible/ecritures/mots/2010/mots_100618.html. Consulté le 5 mars 2018.
[360] Cf. Ac 10, 28-30.
[361] Cf. Ph 1,1.

sous-tend notre étude prend ainsi appui sur une conception de la personne comme « être de relation » et sur une conception de l'Église comme essentiellement missionnaire. La communication est alors pour l'Église un lieu de dialogue, de communion et un nouvel aréopage.

Conclusion Générale

Alors que la parole qu'elle veut communiquer au monde est souvent caricaturée dans les médias, l'Église n'y voit pas un ailleurs. Ces moyens représentent pour elle de véritables lieux à la fois de communication, de communion et d'évangélisation. Ils sont conformes à sa nature. L'Église qui annonce ne peut pas se priver des moyens de communication qui constituent un lieu propice à sa mission. Ses acteurs doivent toutefois chercher à mieux connaitre le monde des médias pour ne pas se faire prendre au piège des acteurs médiatiques de mauvaise foi qui cherchent trop souvent le *scoop*, se nourrissent de scandales et de polémiques, et aiment créer la sensation. En outre, si les « sous-systèmes » de l'économie et de l'État peuvent instrumentaliser les médias, le discours ecclésial sur les médias ne doit pas nier que ces moyens sont avant tout des lieux de présence d'acteurs qui sont des sujets de liberté et de responsabilité. Nous avons cherché en ce sens à replacer le curseur, à recentrer l'intérêt sur les sujets humains plus que sur les moyens, non seulement sur les acteurs médiatiques, mais aussi sur les usagers des moyens de communication en général.

L'éthique de la communication doit s'imposer aux acteurs médiatiques pour ordonner leurs pratiques au bien des personnes. Elle doit être – plus qu'un *corpus* de règles déontologiques – une discipline morale qui invite chaque acteur à la vérité et à la responsabilité dans leur engagement professionnel. Si parmi les acteurs des médias non confessionnels, il y en a qui sont des croyants d'appartenance catholique, l'Église ne leur impose rien qui soit en contradiction avec les exigences de leur métier. Les exigences de la foi ne sont jamais contraires à ce qui est vraiment humain. Comme l'écrit G. Defois : « L'Église ne demande pas à la presse [non confessionnelle] d'être son porte-parole ou son instrument d'évangélisation, mais de lui donner la parole en la considérant comme l'un des partenaires du débat culturel et social, en fonction de sa mission morale et spirituelle. »[362] Elle demande aussi aux médias de communiquer son message dans le

---

[362] G. Defois, H. Tincq, *Les médias et l'église*, Paris, CFPJ éditions, 1997, p. 46. Cité dans : M.-N. Gougeon, *La communication d'une institution religieuse : l'Église catholique*, Mémoire de DEA en Sciences de l'information et de la communication sous la direction de Ahmed SILEM, Université Lyon 3, 1998-1999, p. 26.

respect de la nature de ce message qu'ils peuvent être tentés de mettre au service du *scoop* et de la sensation.

L'Église ne peut certes pas ignorer les enjeux qu'une mauvaise l'utilisation des médias peut représenter pour sa mission, mais en même temps ces enjeux doivent faire des médias un horizon missionnaire pour l'Église. Le Pape Jean-Paul II considère la communication sociale comme la « nouvelle frontière de la mission de l'Église ».[363] Dans son message à l'occasion de la 36e journée des communications sociales, il rappelle : « Comme toutes les nouvelles frontières des autres époques, celle-ci également est riche de dangers et de promesses et est marquée par l'esprit d'aventure qui a caractérisé d'autres grandes périodes de changement. Pour l'Église [...], ce défi est au cœur de ce que signifie, au début du millénaire, suivre le commandement du Seigneur d'"avancer au large : *Duc in altum* ! " (Lc 5, 4). »[364] Cette frontière est donc à franchir pour pénétrer ce que *Redemptoris missio* appelle les nouveaux aréopages[365] et que le Pape Benoit XVI considère pour sa part comme « le continent numérique »[366]. Il faut évangéliser par les moyens de communication, mais il faut aussi évangéliser ces moyens. L'Église qui est communion, qui fait le lien, la relation (*religio*) ne peut pas s'isoler de ce qui met en lien ou en commun (*communicatio*).

Nous avons souligné le problème de l'absence, surtout dans les médias non confessionnels, de journalistes formés aux questions religieuses et donc de l'improvisation qui règne en cette matière. Pour cela, il faut un cadre de coopération, de dialogue ou de concertation qui peut être profitable tant au travail des médias qu'à la mission de l'Église, et enfin au bien de l'homme tout court. Un

---

363 MEDIATHEC, *Les médias. Textes des Églises*, p. 9. Cité dans : F. Barbey, *Jean-Paul II et la communication*, p. 16.
364 Jean-Paul II, « Internet : un nouveau carrefour pour l'annonce de l'Évangile », Message du Saint Père Jean-Paul II pour la XXXVIe journée mondiale des communications sociales [en ligne], 12 mai 2002, https://w2.vatican.va/content/john-paul-ii/fr/messages/communications/documents/hf_jp-ii_mes_20020122_world-communications-day.html. Consulté le 13 avril 2018.
365 Le Pape Jean-Paul II a traité amplement des nouveaux aréopages dans sa lettre encyclique *Redemptoris missio* du 7 décembre 1990, XXVe anniversaire du décret conciliaire "Ad gentes". Cf RMi 37, c.
366 Benoit XVI, *Le prêtre et la pastorale dans le monde numérique : les nouveaux médias au service de la Parole*, message pour la 44e journées mondiale des communications sociales [en ligne], https://w2.vatican.va/content/benedict-xvi/fr/messages/communications/documents/hf_ben-xvi_mes_20100124_44th-world-communications-day.html. Consulté le 26 janvier 2018.

tel cadre invitera à poser lucidement la question de l'autre comme premier enjeu de la communication. L'Église doit dialoguer avec les acteurs des médias et par les médias avec le monde et la culture. Ainsi, rejoindre véritablement les peuples qu'elle évangélise. Les Églises du sous-continent latino-américain et des Caraïbes sont assez bien conscientes de cette nécessité pour elles de rejoindre les peuples là où elles incarnent, en tant qu'Églises, le Corps mystique du Christ. B. Gendrin estime en ce sens que l'Église « doit construire un minimum de passerelles avec la culture moderne. »[367] Le Pape Jean-Paul II réaffirmera un peu plus tard, dans *Ecclesia in America,* la nécessité « de connaitre et d'utiliser ces moyens, dans leurs formes traditionnelles comme dans les formes plus récentes introduites par le progrès technologique. »[368]

Dans notre perspective éthique, nous envisageons les médias en ayant clairement à l'esprit qu'il s'agit d'abord et avant tout de lieux où s'engagent des personnes dont la libre volonté et la responsabilité fait de l'agir communicationnel un agir moral. Le sujet éthique est un sujet agissant et la communication est un acte, un acte de signification, d'interprétation ou tout simplement un acte de langage. Celui qui communique est un acteur social et, dans une perspective chrétienne, un témoin de la vérité au service de la communion et du bien commun. Dans ce monde où les médias ont une influence de plus en plus considérable, l'Église est présente pour accompagner l'homme sur le chemin de son salut. C'est à cette fin ultime qu'elle ordonne l'utilisation de ces moyens.

---

367 B. Gendrin, *Église et societe. Communication impossible ?* p. 193.
368 Jean-Paul II, *Ecclesia in America,* n° 72.

Annexe

Médias catholiques en Haïti suivant l'ordre chronologique

Médias catholiques (de l'indépendance à 1950)	
	Description
1871	*Bulletin religieux d'Haïti* Organe du clergé catholique ; Mensuel fondé avec l'Abbé Ruscher Parution régulière jusqu'en 1924 ; remplacé par le *Bulletin de la quinzaine*
1886	*La Vérité* Journal catholique fondé par Lara Miot devenu « Journal hebdomadaire » à partir du N° 8 le 10 avril 1886
1896	*La Croix du Cap-Haïtien* Hebdomadaire catholique du Cap-Haïtien
1901	*Revue mensuelle du cercle catholique de Port-au-Prince* Fondé en juin 1901 avec : Emmanuel Martinez, Hannibal Price, Léonce Narcisse et Gaston Dalencourt puis Jérôme Salomon
1908	*Bulletin paroissial de Notre-Dame de l'Assomption du Cap-Haïtien* Disparu en 1911
1909	*Bulletin semestriel de l'Observatoire météorologique du Séminaire Collège Saint Martial* Paru pour la première fois en 1909 avec comme directeur le R.P. Sherer, astronome
1918	*Bulletin paroissial de Notre-Dame du Perpétuel Secours du Cap-Haïtien*
1928	*Action catholique* Journal fondée et publiée par l'Union des Prières pour la Paix religieuse au Mexique Dirigé par Felix Magloire Disparue en 1929
1929	*Bulletin de l'Association catholique de la jeunesse haïtienne* Très éphémère

1929	*Haïti catholique*
	Revue fondée par l'Association catholique de la jeunesse haïtienne
	Dirigée par Samuel Devieux
	Disparue en 1930
1930	*Le Message*
	Bulletin de la paroisse du Sacré-Cœur de Turgeau
	Fondé par le P. Paul Robert (alors curé), devenu Évêque des Gonaïves
	Parution bimensuelle puis mensuelle jusqu'en 1940
1934	*L'AMI*
	Bulletin des chapelles et écoles du diocèse des Cayes
	Imprimé par R. Payet
	Premier numéro : avril 1934
1939	*La Phalange*
	Hebdomadaire catholique national
	Fondé à Port-au-Prince
	Premier directeur : Gérard De Catalogne
	Successeurs respectifs : Luc Grimard, RR. PP. Nio, Cassagnol et Nathan
	Devient Quotidien le 20 novembre 1939
1944	*Être Prêt*
	Mensuel de Scouts catholique d'Haïti, format livre de 16 pages en moyenne
	Fondé le 1er juillet avec le Dr Joseph Perrier comme Gérant-Responsable
Après les années 1940	*Être toujours prêt*
	Journal des Scouts fondé à Port-au-Prince
	Par l'Association dirigée par Alphonse St-Cloud
1945	*St Georges en marche*
	Bulletin du groupe Scout Maîtrise Saint Georges de Port-au-Prince
	Miméographié, à très petit format de 12 pages illustré
1947	*La Piste*
	Bulletin du groupe « Christ Roi » de la paroisse du Sacré-Cœur de Turgeau
	Mensuel fondé à Port-au-Prince

1948	*Mensuel des Scouts d'Haïti* Journal dirigé par : Hervé Martin Illustré de 8 pages
	Ti-Jean Bulletin du Collège Jean-Marie Guilloux Publié avec concours des élèves de cet établissement[1]

Médias catholiques (1950 à nos jours)	
Stations de radio recensées	
	Description
1953	*Voix de l'Ave Maria,* 98.5 FM Station de radio de l'Archidiocèse du Cap-Haïtien
1961	*Radio Manrèse* Station fondée par les jésuites d'Haïti Vouée à l'éducation populaire et à l'alphabétisation des masses jusqu'à l'expulsion des jésuites en 1964
1974	*Radio Men kontre,* 95.5 FM Station de radio du diocèse des Cayes
1978	*Radio Soleil,* 105.7 FM Station de radio de l'archidiocèse de Port-au-Prince
1985	*Radio Christ Roi,* 98.7 FM Station de radio du diocèse des Gonaïves
1990	*Radio Tèt Ansanm,* 105.9 AM Station de radio du diocèse de Jérémie
1995	*Radio Ephata,* 91.7 FM Station de radio du diocèse de Jacmel
1997	*Radio Voix de la paix,* 1040 AM Station de radio du diocèse de Port-de-paix
2001	*Radio Parole de vie,* 97.5 FM Station de radio du diocèse de Fort-Liberté
2003	*Radio Notre-Dame,* 91.3 FM Station de radio de la paroisse de Petit-Goâve
2005	*Radio Immaculée Conception,* 102.5 FM Station du diocèse de Hinche

	Radio Incarnation
	Radio Miséricorde (de la paroisse Cathédrale à Miragoâne)
	Diocèse de Miragoâne et Anse-à-Veau
	Radio CBNDF
	Medium numérique du Centre Biblique Notre-Dame de Fatima dirigé par le R.P. Jules Campion, Bibliste et animateur charismatique

Journal et Revue

	Description
1967	*Bòn Nouvèl* Journal fondé par les pères de Scheut
1972	*Alternative* Revue du Grand Séminaire Notre-Dame d'Haïti
1990	*Jounal Libète* Hebdomadaire fondé par le spiritain Jean Yves Urfié
2005	*Moun* Revue de philosophie de l'Institut de Philosophie Saint François de Sales, dirigé par les Salésiens de Don Bosco
1996	*Bulletin de liaison* Compagnie de Jésus en Haïti
2001	*Bouske* Revue trimestrielle du CIFOR (Centre Inter-Instituts de Formation Religieuse)
2008	*Pain de Vie* Revue mensuelle catholique fondée par Mme Murielle Noisy

BIBLIOGRAPHIE ET SITOGRAPHIE

Sources magistérielles

Benoit XVI, *Foi, Raison et Université : souvenirs et réflexions,* rencontre avec les représentants du monde des sciences, Grand Amphithéâtre de l'Université de Ratisbonne [en ligne], mardi 12 septembre 2006, http://w2.vatican.va/content/benedict-xvi/fr/speeches/2006/september/documents/hf_ben-xvi_spe_20060912_university-regensburg.html. Consulté le 10 mars 2018.

_____, *Jésus Christ « médiateur et plénitude de toute la Révélation »,* Audience générale du 16 janvier 2013 [en ligne], Salle Paul VI, Rome, https://w2.vatican.va/content/benedict-xvi/fr/audiences/2013/documents/hf_ben-xvi_aud_20130116.pdf. Consulté le 2 mars 2018.

_____, *Le prêtre et la pastorale dans le monde numérique : les nouveaux médias au service de la Parole,* message pour la 44e journées mondiale des communications sociales [en ligne], , https://w2.vatican.va/content/benedict-xvi/fr/messages/communications/documents/hf_ben-xvi_mes_20100124_44th-world-communications-day.html. Consulté le 26 janvier 2018.

_____, *Les médias : au carrefour entre rôle et service. Chercher la Vérité pour la partager,* Message pour les journées mondiale des communications sociales [en ligne], 24 janvier 2008, https://w2.vatican.va/content/benedict-xvi/fr/messages/communications/documents/hf_ben-xvi_mes_20080124_42nd-world-communications-day.pdf. Consulté le 18 avril 2018.

Catéchisme de l'Église Catholique, Pocket, coll. « Spiritualités & Religions », août 1999, 3315e éd. (1re éd. 1992), 992 p.

CELAM, *Nouvelle évangélisation, promotion humaine, culture chrétienne : Conclusions de Saint-Domingue,* Paris, Cerf, 1993, 252 p.

Commission Pontificale Pour Les Communications Sociales, *Communio et progressio,* Instruction pastorale sur les communications sociales, Rome, Libreria Editrice Vaticana, 1971.

Congrégation pour la Doctrine de la Foi, *Lettre aux Évêques de l'église catholique sur certains aspects de l'église comprise comme communion,* L'Osservatore romano, édition française, n° 24, 16 juin 1992.

Conseil Pontifical Justice et Paix, *Compendium de la Doctrine Sociale de l'Eglise,* Città del Vaticano, Liberia Editrice Vaticana, 2005, 530 p.

Conseil pontifical pour la Culture, *Vers une approche pastorale de la culture* [en ligne], 23 mai 1999, http://www.vatican.va/roman_curia/pontifical_councils/cultr/documents/rc_pc_pc-cultr_doc_03061999_pastoral_fr.html. Consulté le 4 mars 2018.

Conseil pontifical pour les Communications sociales, *Aetatis novae*, Instruction pastorale, Rome, Libreria Editrice Vaticana, 1992.

_____, *Ethique dans les communications sociales*, 4 juin 2000, Journée Mondiale des Communications Sociales, Jubilée des Journalistes.

Jean-Paul II, *Exhortation Apostolique post-synodale Ecclesia in Asia* (6 novembre 1999), n. 19 : *AAS* 92 (2000), 478 p.

_____, *Internet : un nouveau carrefour pour l'annonce de l'Évangile,* Message du Saint Père Jean-Paul II pour la XXXVIe journée mondiale des communications sociales [en ligne], 12 mai 2002, https://w2.vatican.va/content/john-paul-ii/fr/messages/communications/documents/hf_jp-ii_mes_20020122_world-communications-day.html. Consulté le 13 avril 2018.

_____, *La religion dans les mass media,* Message pour laXXIII[e] journée mondiale des communications sociales [en ligne], 7 mai 1989, https://w2.vatican.va/content/john-paul-ii/fr/messages/communications/documents/hf_jp-ii_mes_24011989_world-communications-day.html. Consulté le 12 avril 2018.

Paul VI, *Lumen Ecclesiae,* Lettre du 20 novembre 1974 pour le VIIe centenaire de la mort de saint Thomas d'Aquin, in *Documents pontificaux de Paul VI,* t. 8, 1974, Saint-Maurice, Éditions Saint-Augustin, 1978, pp. 680-703.

Pie XII, *Miranda prorsus,* Lettre encyclique du 8 septembre 1957 [en ligne], http://w2.vatican.va/content/pius-xii/fr/encyclicals/documents/hf_p-xii_enc_08091957_miranda-prorsus.html. Consulté le 18 août 2017.

Présence de l'Église en Haïti, messages et documents de l'épiscopat (1980-1988), Paris, éditions S.O.S., 1988, 352 p.

Youcat, coll. Document des Églises, Paris, coédition Bayard/Cerf/Fleurus-Mame, 2011, 308 p.

Sources séculières

Décret portant création de la CONATEL, in *Le Moniteur*, 124e année, n° 105, 30 Octobre 1969.

Décret accordant à l'État le monopole des services de télécommunications [en ligne], http://conatel.gouv.ht/sites/default/files/loitelecom.pdf. Consulté le 21 juin 2018.

Ouvrages et travaux académiques

ADORNO Theodor W. et HORKHEIMER Max, *La dialectique de la raison,* coll. Tel, Paris, Gallimard, 1974 (1944), 294 p.

ALBERIGO Giuseppe (dir.), *Les conciles œcuméniques. Les décrets : Trente à Vatican II,* tome II-2, Paris, Cerf, 1994, édition originale, Bologne, 1972, 2464 p.

_____, *Les conciles œcuméniques. Les décrets : de Nicée I à Latran V,* tome II-1, Paris, Cerf, 1994, édition originale, Bologne, 1972, 1337 p.

ALTOURAH Albaraa, *Hiérarchisation de l'information et « agenda setting » sur Twitter : étude comparée entre la France et le Koweit,* Thèse de doctorat en Sciences de l'information et de la communication, Université Charles de Gaulle - Lille III, Laurence Favier (dir.), 2018, 230 p.

ALTHUSSER Louis, *Positions (1964-1975),* Paris, Les Éditions sociales, 1976, 172 p.

ARENDT Hannah, *La crise de la culture,* Paris, Galimard, 2018 (1961), 384 p.

ARIS Patrick, *Le modèle ecclésiologique de Monseigneur Romero,* tome 2, Arcahaie, Ateliers Saint Benoit, 2016, 266 p.

AZÉMARD Ghislaine, *100 notions pour le crossmédia et le transmédia,* coll. « 100 notions », Paris, Les Éditions de l'Immatériel, 2013, 232 p.

BALLE Francis, *Les médias,* coll. « Que sais-je ? », Paris, PUF,

8ᵉ édition, 2014, 128 p.

BATESON Gregory et RUESCH Jurgen, *Communication et Société*, Paris, Seuil, 1967 (1951), 338 p.

BARBEY Francis, *Jean-Paul II et la communication*, Paris, Publibook, 2010, 119 p.

BARTHES Roland, *Leçon,* coll. Points, Paris, Seuil, 1978, 54 p.

BISSAINTHE Max, *Dictionnaire de bibliographie haïtienne,* Washington, The Sacre crow Press, 1951, 1052 p.

BOMENGOLA-ILOMBA Jean-Marie, *L'évangélisation par les médias*, Thèse de doctorat en sciences de l'information et de la communication, Université Lumière Lyon 2, Jean-François TÉTU (dir.), 2008, 552 p.

BOUDET Emmanuel, *Le « munus docendi » des Évêques et le contrôle des moyens de communication sociale dans l'Église catholique,* Thèse de doctorat en droit canonique, Faculté de droit canonique de l'Institut catholique de Paris, Mgr Patrick Valdrini (dir.), soutenue le 23 novembre 2004, 390 p.

BOUGNOUX Daniel, *Introduction aux sciences de la communication,* coll. Repères, Ed. La Découverte, 2001, 1ᵉʳᵉ éd. 1998, 124 p.

_____, *La communication par la bande. Introduction aux sciences de l'information et de la communication,* Paris, La Découverte, 1998, 198 p.

BOURGEOIS Henri, *Intelligence et passion de la foi,* Paris, DDB, 2000, 381 p.

BRECHON Pierre et WILLAIME Jean-Paul (Dir.), *Médias et religions en miroir,* Paris, PUF, 2000, 329 p.

BUBER Martin, *Je et tu,* Paris, Aubier, 2012, 1ᵉʳᵉed., 1923, 156 p.

CALAME Claude, *Le Récit en Grèce ancienne. Énonciations et représentations de poètes,* coll. « L'Antiquité au présent »,

Paris, Belin, 2000 (1986), 295 p.

CARLYLE Thomas, *On Heroes, Hero-Worship and the Heroic in History. Six Lectures. Reported with emendations and additions,* London, Chapman and Hall, 1840, 235 p.

CHARAUDEAU Patrick, *Le discours d'information médiatique : la construction du miroir social,* Paris, Nathan, 1997, 286 p.

CITTON Yves, *Médiarchie,* coll. Couleur des idées, Paris, Seuil, 2017, 416 p.

CLORMÉUS Lewis A., *Entre l'État, les élites et les religions en Haïti : redécouvrir la campagne anti-superstitieuse de 1939-1942,* Thèse de doctorat, EHESS et UEH, Nathalie Luca et Michel Philippe Lerebours (dirs), 2012, 627 p.

CLORMEUS Léwis A. (dir.), *État, religions et politique en Haïti (XVIIe-XXIe s.),* HMC, N° 29, Paris, Karthala, 613 p.

COGNAT Christine et VIAILLY Francis (dir.), *Le journalisme en pratique : les bases du métier,* coll. « Les outils du journaliste », Presses Universitaires de Grenoble, 2012, 128 p.

DEBRAY Régis, *Introduction à la médiologie,* Paris, PUF, 2000, 240 p.

DOUYERE David, DUFOUR Stéphane et RIONDET Odile (sous la dir.), *Religion et communication,* Paris, L'Harmattan, MEI, N° 38, 2014, 232 p.

DUBOS Michel (dir.), *Theo : L'Encyclopédie catholique pour tous,* Paris, Droguet-Ardant/Fayard, 1992, 1ère éd. 1989, 1327 p.

DU PUY-MONTBRUN Bernard, *La détermination du secret chez les ministres du culte : Le secret pastoral en droit canonique et en droit français,* Dijon, L'Échelle de Jacob, 2012, 477 p.

ESCAFFRE Bernadette, *Évangile de J.-C. selon St Jean. 1- Le Livre des signes (Jn 1-12)*, coll. « Cahier Évangile », n° 145, SBEV / Éd. du Cerf, septembre 2008, 72 p.

EUSÈBE, *Histoire ecclésiastique,* texte et traduction française par E. Grapin, 2 vol., Paris, A. Picard et fils, 1905-1911.

FANNING William Henry Windsor, « Abdication », *The Catholic Encyclopedia. An International Work of Reference* [en ligne], Robert Appleton Company, New York, 1913, https://en.wikisource.org/wiki/Catholic_Encyclopedia_(1913)/Abdication. Consulté le 5 mai 2018.

FAVRE Henri, *Les Incas*, coll. « Que sais-je ? », Paris, PUF, 1984, 126 p.

FERENCZI Thomas , *Le journalisme*, Presses universitaires de France, 2005, 127 p.

FEROLUS Guy, *Haïti et la folie de Dieu,* Paris, Editions Parallèles, 2012, 125 p.

FERRY Jean-Marc, *Les grammaires de l'intelligence,* Paris, Cerf, 2004, 212 p.

_____, *Les puissances de l'expérience*, coll. Passages, Paris, Cerf, 1991, 470 p.

_____, *Philosophie de la communication : 1. De l'antinomie de la vérité à la fondation ultime de la raison,* Paris, Cerf, 123 p.

GARDAIR Jules, *Les passions et la volonté,* Paris, Lethielleux, 1892, 511 p.

GARRIC Nathalie et CALAS Frédéric, *Introduction à la pragmatique,* Paris, Hachette supérieur, 2007, 207 p.

GENDRIN Bernard, *Église et société. Communication impossible* ? Paris, DDB, 1995, 216 p.

GEYBELS Hans et al., *Faith and Media: Analysis of Faith and Media. Representation and Communication,* Coll.

Gods, Humans and Religions, n° 171, Brussels, Éditions scientifiques internationales, 2009, 257 p.

GABEL Émile, *L'Enjeu des médias*, Paris, Mame, 1971, 472 p.

GIOVANNI Christophe, *Le travail de la dépêche,* Lausanne, Centre de Formation aux Journalisme et aux Médias, Janvier 2007, 16 p.

GIRARD René, *Géométries du désir,* coll. « Carnets de l'Herne », Paris, L'Herne, 2010 (1982), 220 p.

―――――――――, *La Violence et le Sacré*, Paris, Grasset, 1972, 456 p.

―――――――――, *Le Bouc émissaire,* Paris, Grasset, 1982, 298 p.

―――――――――, *Les origines de la culture,* Paris, Arthème Fayard/Pluriel, 2010, 280 p.

―――――――――, *Mensonge romantique et vérité romanesque,* Paris, Arthème Fayard/Pluriel, 2010 (1961), 351 p.

GOUGEON Marie-Noëlle, *La communication d'une institution religieuse : l'Église catholique,* Mémoire de DEA en Sciences de l'information et de la communication, Ahmed SILEM (dir.), Université Lyon 3, 1998-1999, 169 p.

HABERMAS Jürgen, *De l'éthique de la discussion*, coll. « Champs », Paris, Flammarion, 2013 (1991), 202 p.

―――――――――, *Droit et démocratie. Entre faits et normes,* trad. Rainer Rochlitz et Christian Bouchindhomme, Paris, Gallimard, 1997 (1992), 560 p.

―――――――――, *Le discours philosophique de la modernité,* coll. Tel, Paris, Gallimard, 1988, 492 p.

―――――――――, *L'espace public : Archéologie de la publicité comme dimension constitutive de la société bourgeoise,* Paris, Payot, 1988 (1962), 322 p.

_____, *Morale et communication : conscience morale et activité communicationnelle,* coll. « Champs », Paris, Flammarion, 1999, 212 p.

_____, *Théorie de l'agir communicationnel,* 2 tomes, Paris, Fayard, 1987 (1981).

HALIMI Serge, *Les nouveaux chiens de garde,* Liber, Paris, 1997, 162 p.

HOMÈRE, *L'Iliade,* trad. Ph. Brunet, coll. « Romans étrangers », Paris, Seuil, 2010, 560 p.

HORKHEIMER Max, *Théorie traditionnelle et théorie critique,* traduit de l'allemand par Claude Maillard et Sibylle Muller, Paris, Gallimard, 1974, 330 p.

HURBON Laënnec (sous la dir.), *Le phénomène religieux dans la Caraïbe,* Paris, Karthala, 2000, 368 p.

HURBON Laënnec, *Comprendre Haïti. Essai sur l'État, la nation, la culture,* Paris, Karthala, 1987, 176 p.

_____, *Religions et lien social : l'Église et l'État moderne en Haïti,* Paris, Le Cerf, 2004, 317 p.

JEAN-JACQUES Wittezaele et TERESA García-Rivera, *À la recherche de l'école de Palo Alto,* Paris, Points, 2014, 480 p.

JEANNENEY Jean-Noël, *Une histoire des médias,* coll. Points Histoire, Paris, Points, 5e éd. 2015, 464 p.

KATZ Elihu et LAZARSFELD Paul F., *Influence personnelle. Ce que les gens font des médias,* Paris, Armand Colin/Institut national de l'audiovisuel, 2008 (1955), 416 p.

LACTANCE, *De la mort des persécuteurs de l'Église,* introduction, traduction et commentaire de J. Moreau, coll. « Sources chrétiennes », 39, 2 vol., Paris, Cerf, 1954.

LAFERRIERE Dany, *Tout bouge autour de moi,* Paris, Grasset, 2011, 192 p.

LEENHARDT Franz Jehan, *L'Église : questions aux protestants et aux catholiques,* Genève, Labor et Fides, 1978, 239 p.

LORQUET Joël, *Télévision haïtienne par câble et couleur locale. La télé Haïti,* mémoire de Licence [en ligne], Faculté des Sciences Humaines, Université d'État d'Haïti, Septembre 1998, https://www.memoireonline.com/01/14/8596/m_Television-hatienne-par-cble-et-couleur-locale--la-tele-Hati-33.html#toc93. Consulté le 22 mars 2018.

LUBAC Henri (de), *Méditation sur l'Église,* Paris, Cerf, 2003 (1953), 516 p.

──────────, *Paradoxe et mystère de l'Église. Suivi de l'Église dans la crise actuelle,* Paris, Cerf, 2010 (1967), 488 p.

MADIOU Thomas, *Histoire d'Haïti,* tome 1, Port-au-Prince, Imp. Jʜ Courtois, 1847, 503 p.

MARCUSE Herbert, *L'homme unidimensionnel. Essai sur l'idéologie de la société industrielle avancée,* Paris, Les Éditions de minuit, 1968, 287 p.

MARITAIN Jacques, *Religion et culture,* coll. « Questions disputées », Paris, Desclée, 1930, 115 p.

MATTELART Armand et MATTELART, Michèle, *Histoire des théories de la communication,* coll. Repères, Paris, La Découverte, 2004, 128 p.

MCLUHAN Herbert Marshall, *Pour comprendre les médias,* coll. Points, Paris, Mame/Seuil, 2015, 1ère éd. 1964, 432 p.

MEDIATHEC (faculté de théologie de Lyon), *Les médias,* coll. Les dossiers de la documentation catholique, Paris, Centurion, 1990, 464 p.

MEYNAUD Hélène Yvonne et DUCLOS Denis, *Les sondages d'opinion,* Paris, La Découverte, 2007, 128 p.

MICIAL M. Nérestant, *Doctrine sociale de l'Église : analyse des*

Encycliques sociales de Léon XIII à Benoît XVI, Port-au-Prince, Henri Deschamps, 2011, 168 p.

_____, *Religions et politique en Haïti,* Paris, Karthala, 2005, 281 p.

MOREAU Régis, *Guide de lecture des textes du concile Vatican II. Lumen gentium,* Perpignan, Artège, 2014, 540 p.

PAUL Watzlawick, BEAVIN Janet H. et JACKSON Donald D., *Une logique de la communication,* 1967, Norton, trad. Seuil, 1972, 280 p.

PAUL Watzlawick, *La réalité de la réalité,* coll. Point Essai, Paris, Seuil, 1978, 373 p.

PEIGNOT Etienne Gabriel, *Essai historique sur la liberté d'écrire chez les anciens et les modernes,* Paris, Nabou Press, 242 p.

PELCHAT Marc, *L'Église mystère de communion : l'ecclésiologie dans l'œuvre de Henri de Lubac,* Paris, Médiaspaul, 1988, 395 p.

PIERRE Serge Philippe, *Pouvoir, manipulation et reproduction du pouvoir. Une analyse sémio-narrative du discours de François Duvalier,* Port-au-Prince, C3 Editions, 2015, 200 p.

PIERRE-LOUIS Luné-Roc, *Habermas et Haïti,* Port-au-Prince, Média-Texte, 2014, 300 p.

_____, *Oralité et récit médiatique,* Port-au-Prince, Média-Texte, 2015, 76 p.

PIETREMENT Charles Alexandre, *Les origines du cheval domestique d'après la paléontologie, la zoologie, l'histoire et la philologie,* E. Donnaud, 1870, 487 p.

PISARRA Pietro, *L'Évangile et le web : quel discours chrétien dans les médias ?* Paris, Les éditions de l'atelier, 176 p.

RATZINGER Joseph, *Jésus de Nazareth, de l'entrée à Jérusalem à la Résurrection,* Paris, Parole et Silence, 2012, 427 p.

RIVERO Manuel, *Théologie de la communication*, Paris, Parole et Silence, 2016, 216 p.

ROBICHAUD Arianne, *Jürgen Habermas et la Théorie de l'agir communicationnel : la question de l'éducation*, Thèse de doctorat, Université de Montréal, Maurice Tardif (dir.), novembre 2015, 315 p.

SAINT-LOUIS Edwine, *Le secret d'office du juge ecclésiastique : application du canon 1455 du CIC/83 par rapport au bien commun*, Thèse de doctorat, Faculté de droit canonique, Université d'Ottawa, Michael-Andreas Nobel (dir.), 2017, 235 p.

SEARLE John R., *La construction de la réalité sociale*, Paris, Gallimard, 1998 (1995), 320 p.

SEGUY Franck, *Sociologie de la pratique du journalisme à Port-au-Prince*, mémoire de sortie, FASCH, septembre 2006.

SERANT Vario, *Sauver l'information en Haïti*, Port-au-Prince, Imp. Média-Texte, 2007, 120 p.

SMARTH William, *Histoire de l'Église catholique d'Haïti 1492-2003 : des points de repères*, 2 tomes, Port-au-Prince, Les éditions du CIFOR, 2015.

SOLJENITSYNE Alexandre, *Le déclin du courage*, coll. « Les Belles Lettres », Paris, Fayard, 2014 (1978), 72 p.

TCHAKHOTINE Serge, *Le viol des foules par la propagande politique*, Paris, Gallimard, 1939, 605 p.

TOUSSAINT Hérold, *Communication et état de droit selon Jürgen Habermas : patriotisme constitutionnel et reconnaissance de l'autre en Haïti*, Port-au-Prince, H. Deschamps, 2004, 143 p.

TOUSSAINT Hérold (dir.), *L'armée et la presse écrite*, Port-au-Prince, Media-texte, 2007, 100 p.

_____, *Propagande politique et élections*

présidentielles en Haïti, Port-au-Prince, Media-texte, 2007, 196 p.

VIDAL Maurice, *A quoi sert l'Église ?* Paris, Bayard, 2008, 240 p.

WINKIN Yves, *Anthropologie de la communication,* coll. Points, Ed. De Boeck & Larcier/Seuil, 2001, 336 p.

WOLTON Dominique, *Informer n'est pas communiquer,* Paris, CNRS Edition, 2009, 154 p.

Articles

ADORNO Theodor W., « L'industrie culturelle », in *Communications,* 3, 1964, p. 12-18.

ADAM Jean-Michel, « Le texte et ses composantes », in *Semen* [en ligne], 8 | 1993, 21 Aout 2007, http://journals.openedition.org/semen/4341. Consulté le 10 mars 2018.

ARGANT John Kelly, « Haïti trop exposée à la Cybercriminalité », in *Le National,* tribune du 7 novembre 2017 [en ligne], http://www.lenational.org/haiti-exposee-a-cybercriminalite/. Consulté le 10 avril 2018.

BALZAC Honoré (de), « Chronique de la presse », in *Revue parisienne,* n° 2, août 1840, p. 243-250.

BRAKE Laurel, « The Old Journalism and the New : Forms of Cultural Production in London in the 1880s », in *Subjugated Knowledges: Journalism, Gender and Literature in the Nineteenth Century,* London, Palgrave Macmillan, 1994, p. 83-103.

BOYER Jean-Claude, « Vers le Solethon », in *Le Nouvelliste* [en ligne], 18 avril 2012, http://lenouvelliste.com/lenouvelliste/article/104226/Vers-le-Soleton. Consulté le 15 avril 2018.

BURDIN Hervé, « Souveraineté et information », in *Prospective et stratégie,* vol. 1, n° 1, 2010, p. 127-144.

BURGUN Cédric, « Une « renonciation » plutôt qu'une démission : un acte courageux ! », in *Libres propos...* [en ligne], http://www.cedric.burgun.eu/une-abdication-plutot-quune-demission-un-acte-courageux/. Consulté le 18 février 2018.

CHENO Rémi, « Penser l'unité de la réalité complexe de l'Église (*Lumen Gentium* 8) », in *Revue théologique de Louvain,* 40ᵉ année, fasc. 3, 2009, p. 341-359.

CHERY Blair, « Cybercriminalité, législation en Haïti : état des lieux et perspectives », in *Haïti Juridique* [en ligne], 22 juillet 2009, http://haitijuridique.blogspot.fr/2009/07/

cybercriminalite-legislation-en-haiti.html. Consulté le 10 avril 2018.

CLARK Katerina et MICHAEL Holquist, « Les Cercles de Bakhtine », in *Esprit (1940-)*, n° 91/92 (7/8), 1984, p. 120–127.

Code de déontologie des médias et des journalistes d'Haïti [en ligne], signé le 8 décembre 2011, http://www.unesco.org/new/fr/port-au-prince/communication-information/code-of-ethics/. Consulté le 6 mars 2018.

CONGAR Yves, « Autonomie et pouvoir central dans l'Église », in *Irénikon* 53 (1980), p. 291-313.

_____, « Pneumatologie dogmatique », in B. Lauret et F. Refoulé (éds.), *Initiation à la pratique de la théologie, t. II : Dogmatique I,* Paris, Éd. du Cerf, 1982, p. 485-516.

Cours d'introduction à Saint Paul IXb : « Le «Corpus paulinien» », in *Biblissimo* [en ligne], 11 Août 2011, http://biblissimo.over-blog.com/article-introduction-saint-paul-corpus-paulinien-romains-galates-colossiens-ephesiens-81374180.html. Consulté le 20 octobre 2017.

DACHEUX Eric, « Les relations entre espace communicationnel, espace médiatique et espace public », 2003, <sic_00000624>. Consulté le 4 mars 2018.

DAVID Nicholls, « Idéologie et mouvements politiques en Haïti, 1915-1946 », in *Annales. Économies, Sociétés, Civilisations,* 30ᵉ année, N. 4, 1975. pp. 654-679.

DECIME Edner Fils, « Haiti-Presse : La pratique du journalisme à Port-au-Prince, entre « journalisme de marché » et Éthique », in *Alterpresse* [en ligne], 3 mai 2013, http://www.alterpresse.org/spip.php?article14485#.WtyNk4hubIU. Consulté le 18 avril 2018.

DENEKEN Michel, « Ecclésiologie et dogmatique. L'Église sujet et objet de la théologie », in *Revue théologique de*

Louvain, 38ᵉ année, fasc. 2, 2007, p. 204-221.

―――――――, « La mission comme nouvelle évangélisation », *Revue des sciences religieuses,* 80/2 | 2006, p. 217-231.

DERVILLE Grégory, « Le journaliste et ses contraintes », in *Les Cahiers du journalisme,* n° 6, octobre 1999, p. 152-177.

DESIR Betty, « Haiti-Presse/réactions : Un avocat du barreau de P-au-P, se positionne sur la note de la CONATEL », in *HPN* [en ligne], 25 mars 2014, http://hpnhaiti.com/site/index. php/societe/12542-haiti-pressereactions-un-avocat-du-barreau-de-p-au-p-se-positionne-sur-la-note-de-la-conatel. Consulté le 18 avril 2018.

DEVINAT François, « Fissures dans le bunker de la chasteté. Plusieurs Évêques français ont déjà pris leurs distances avec le Pape », in *Libération* [en ligne], 13 février 1996, http://www.liberation.fr/evenement/1996/02/13/fissures-dans-le-bunker-de-la-chastete-plusieurs-eveques-francais-ont-deja-pris-leurs-distances-avec_163012. Consulté le 18 avril 2018.

DOANE Sébastien, « Épiscope / Évêque », in *Les Ecritures, Interbible* [en ligne], http://www.interbible.org/interBible/ecritures/mots/2010/mots_100618.html. Consulté le 5 mars 2018.

DOGAN Mattei, « Le déclin du vote de classe et du vote religieux en Europe occidentale », in *Revue internationale des Sciences sociales,* 1995, n° 146, p. 601-616.

DOUYERE David, « De l'usage chrétien des médias à une théologie de la communication : le père Émile Gabel », in *Le Temps des médias,* 2011/2 (n°17), p. 64-72.

―――――――, « La communication sociale : une perspective de l'Église catholique ? Jean Devèze et la critique de la notion de « communication sociale » », in *Communiquer* [en ligne], 3-4 | 2010, http://communiquer.

revues.org/1579 ; DOI :10.4000/communiquer.1579. Consulté le 30 septembre 2016.

DUFOUR Stéphane, « Secret, silence, sacré. La trinité communicationnelle de l'Église catholique », in *Journal for Communication Studies*, ESSACHESS editors, 2013, Secret, Publicity, and Social Sciences Research, vol. 6, n° 2 (12), p.139-150.

DUMAS Pierre-Raymond, « Les sondages », Éditorial, *Le Nouvelliste* [en ligne], 01 septembre 2010, https://lenouvelliste.com/article/83039/les-sondages. Consulté le 07 novembre 2018.

« Équivalence fonctionnelle », in *Loi concernant le cadre juridique des technologies de l'information*, LRQ c-1.1 [en ligne], https://www.lccjti.ca/definitions/equivalence-fonctionnelle/. Consulté le 2 mai 2018.

GABEL Émile, « Introduction au décret sur les moyens de communication sociale Inter Mirifica », in Concile œcuménique Vatican II, *L'Église dans le monde, l'apostolat des laïcs, la liberté religieuse, les moyens de communication sociale*, Paris, Le Centurion, 1966, p.375-389, et notes du décret, p. 391-392.

_____, « À une vision sentimentale et romantique de l'information doit succéder une connaissance scientifique », in *Témoignage Chrétien*, 21.12.1962.

GARRAUD Philippe, « Politiques nationales : l'élaboration de l'agenda » in *L'année sociologique*, n° 40, 1990, p. 17-41.

GAUTHIER Gilles, « Critique du constructivisme en communication », in *Questions de communication*, 3 | 2003, p. 185-198.

_____, « La réalité du journalisme », in *Communication* [en ligne], Vol. 23/2 | 2005, mis en ligne le 17 juin 2013, http://journals.openedition.org/communication/4120 ; DOI : 10.4000/communication.4120. Consulté le 8 février 2018.

_____, « Le constructivisme est intenable en journalisme », in *Questions de communication*, 7 | 2005, p. 121-145.

GERSTLÉ Jacques, « L'information et la sensibilité des électeurs à la conjoncture », in *Revue européenne des sciences sociales,* tome 37, 1999, n° 114, p. 139-157.

GIANNATELLI Roberto « Église et communication sociale. L'enseignement de l'Église catholique dans les documents pontificaux et conciliaires », in *L'Année canonique*, n° 41, 1999, p. 41-55.

GRASSINEAU Benjamin, « John Searle. La construction de la réalité sociale » [en ligne], 2005, https://testconso.typepad.com/files/john-searle.-la-construction-de-la-realite-sociale4.pdf. Consulté le 13 mars 2018.

GRICE Herbert Paul, « Meaning », in *The Philosophical Review,* Vol. 66, n° 3, Jul. 1957, p. 377-388.

GY Pierre-Marie, « Le précepte de la confession annuelle (Latran IV, C. 21) et la détection des hérétiques », in *Recherches des sciences philosophiques et théologiques*, 58 (1974), p. 444-450.

« Haïti - Politique : La Liberté des médias pour un avenir meilleur », in *Haïti Libre*, 4 mai 2014, [en ligne] http://www.haitilibre.com/article-11073-haiti-politique-la-liberte-des-medias-pour-un-avenir-meilleur.html. Consulté le 18 avril 2018.

HALCYA, « Les signes comportementaux : kinésique et proxémique », in *Cultures de la communication* [en ligne], 14 Avril 2013, http://love-communication.eklablog.fr/les-signes-comportementaux-kinesique-et-proxemique-a82795296. Consulté le 12 novembre 2018.

HPN, « Décès de Mgr Laroche, l'Église catholique en deuil », in *Le Nouvelliste* [en ligne], 7 avril 2005, https://lenouvelliste.com/m/public/index.php/article/30824/deces-de-mgrlaroche-leglise-catholique-en-deuil. Consulté le 3 mars 2018.

IAKOVOU Vicky, « La critique entre Hannah Arendt et l'Ecole de Francfort », in *Tumultes*, vol. 17-18, no. 2, 2001, p. 259-278.

« Jacques Roumain », in *Île-en-île* [en ligne], 21 juillet 2003, mis à jour le 26 juillet 2018, http://ile-en-ile.org/roumain/. Consulté le 06 décembre 2018.

JANKOWIAK François, « "Fides ex auditu". L'Église et les moyens de communication sociale à l'époque contemporaine, in *L'année canonique,* 41 (1999), p. 7-40.

JEAN-BAPTISTE Roberto, « La démocratie est-elle possible sans la presse ? », in *Le Nouvelliste* [en ligne], 25 septembre 2013, https://lenouvelliste.com/lenouvelliste/article/121633/La-democratie-est-elle-possible-sans-la-presse.html. Consulté le 18 avril 2018.

LAMBERT Ricardo, « Une étude qui décortique l'environnement des médias en Haïti », in *Le Nouvelliste* [en ligne], 23 novembre 2017, http://lenouvelliste.com/article/179167/une-etude-qui-decortique-lenvironnement-des-medias-en-haiti. Consulté le 3 mars 2018.

LECLERCQ Jean, « La renonciation de Célestin V et l'opinion théologique en France du vivant de Boniface VIII », in *Revue d'histoire de l'Église de France*, tome 25, n°107, 1939. pp. 183-192.

« Le désir mimétique de René Girard », in *1000 idées de culture générale* [en ligne], https://1000-idees-de-culture-generale.fr/desir-mimetique-rene-girard/. Consulté le 20 février 2018.

LESCH Walter, « *Inter mirifica.* Un texte révélateur de problèmes communicationnels », in *Revue théologique de Louvain,* 46, 2015, p. 178-203.

LICHT Daniel, « Aujourd'hui, l'Église défend cette notion au nom de la liberté », in *Libération* [en ligne], 15 juin 2001, http://www.liberation.fr/societe/2001/06/15/le-secret-dans-le-droit-canon-depuis-1215_368173. Consulté le 18 avril 2018.

LOUIS-JUSTE Jean Anil, « Pourquoi la plupart de nos travailleurs de la presse n'éduquent pas pour le libre développement ? », in *AlterPresse* [en ligne], 29 décembre 2004 http://www.alterpresse.org/spip.php?article2034#.Wtnov4hubIU. Consulté le 17 juillet 2017.

LOUIS Quéré, « Au juste, qu'est-ce que l'information ? », in *Réseaux,* volume 18, n° 100, 2000, *Communiquer à l'ère des réseaux,* p. 331-357

MAINGUENEAU Dominique, « Situation d'énonciation, situation de communication », in Carme Figuerola, Montserrat Parra, Pere Solà (eds.), *La lingüística francesa en el nuevo milenio,* Sant Salvador, Milenio, 2002, p. 11-19.

MÉDEVIELLE Geneviève, « La loi naturelle selon Benoît XVI »,in *Études,* vol. tome 410, no. 3, 2009, pp. 353-364.

_____, « Le rôle de la conscience morale », in *La Croix* [en ligne], https://croire.la-croix.com/Definitions/Lexique/Discernement/Le-role-de-la-conscience-morale. Consulté le 30 mars 2019.

METZ René, « Une innovation dans le statut des Évêques démissionnaires ? » in *Revue des Sciences Religieuses,* tome 41, fascicule 4, 1967. p. 349-356.

NAZ Raoul, « Secret », in *Dictionnaire de droit canonique,* 7 tomes, Paris, Letouzey et Ané, 1965.

ODON Lottin, « Les éléments de la moralité des actes chez saint Thomas d'Aquin (suite) », in *Revue néo-scolastique de philosophie,* 24ᵉ année, n°95, 1922. p. 281-313.

OLIVIER Abel, « Les puissances de l'expérience », in *Autres Temps. Les cahiers du christianisme social.* N°35, 1992. p. 78-79.

PAPATHOMAS Grigorios D., « Le secret dans le Christianisme orthodoxe », in : *Revue de Droit canonique,* tome 52, 2 (2002), p. 295-315. Disponible [en ligne], https://fr.scribd.com/document/322597778/19-Le-secret-canonique-pdf. Consulté le 18 avril 2018.

PAQUETTE Martine, « La production médiatique de l'espace public et sa médiation du politique », in *Communication,* vol. 20/1 | 2000, 47-74.

RICOEUR Paul, « La grammaire de Ferry », in *Libération* [en ligne], 12 mars 1992, http://users.skynet.be/jean.marc.ferry/ricoeur.html. Consulté le 19 avril 2018.

RIGAL Jean, « La Nouvelle Évangélisation. Comprendre cette nouvelle approche. Les questions qu'elle suscite », in *Nouvelle revue théologique,* 2005/3 (tome 127), p. 436-454.

SERANT Vario, « Il faut sauver le journalisme en Haïti », in *Alterpresse* [en ligne], 3 novembre 2005 http://www.alterpresse.org/spip.php?article3507#.WtfmZ4hubIU. Consulté le 18 avril 2018.

VANDENBERGHE Frédéric, « La notion de réification. Réification sociale et chosification méthodologique », in *L'Homme et la société,* n° 103, 1992, *Aliénations nationales,* p. 81-93.

VOIROL Olivier « La théorie critique des médias de l'école de francfort : une relecture », in *Mouvements,* vol. 61, no. 1, 2010, p. 23-32.

ZETRENNE Ritzamarum, « Haïti société/Presse – De la nécessité d'une carte d'identité professionnelle pour les journalistes », in *Le National* [en ligne], 18 juin 2015, http://www.lenational.org/haiti-societepresse-de-la-necessite-dune-carte-didentite-professionnelle-pour-les-journalistes/. Consulté le 18 avril 2018.

TABLE DES MATIÈRES

ABRÉVIATIONS 6
PROPOS LIMINAIRES 7
PRÉFACE 9
INTRODUCTION 14

PREMIÈRE PARTIE
L'ÉGLISE: UNE INSTANCE MÉDIATRICE DANS UN MONDE MÉDIATISÉ 19
Ni peur ni égarement 20

CHAPITRE PREMIER
DEUX NIVEAUX DE MÉDIATION 22
1. LA MÉDIATION DE L'ÉGLISE 23
1.1. La fonction médiatrice de l'Église 23
1.2. L'Église et sa vocation prophétique 27
2. LES MÉDIAS : ENTRE TOUTE-PUISSANCE ET RÉELLE INFLUENCE 32
Un déplacement de curseur 32
2.1. L'hypothèse de la toute-puissance des médias 33
2.2. L'idée d'un quatrième pouvoir 37
2.3. L'influence des médias au prisme de la théorie girardienne du mécanisme mimétique 47

CHAPITRE II
ÉGLISE ET MÉDIAS : DU CONTEXTE UNIVERSEL AU CONTEXTE LOCAL 53
1. RELATION ENTRE ÉGLISE ET MÉDIAS DANS L'HISTOIRE : UNE DIFFICILE TRAJECTOIRE 54
2. ÉGLISE, MÉDIAS ET CONFESSIONNALITÉ EN HAÏTI 62
2.1. L'Église et les médias non confessionnels en Haïti 63

A. Les médias non confessionnels 63
Des traces dans la nature aux flux algorithmiques 63
Pléthorisation des médias 66
B. L'Église dans les médias non confessionnels 69
Ni hostilités ni complaisance 69
Quand les faits deviennent informations 71
Une double posture 73
Le prétexte d'une dépêche 78
2.2. Les médias confessionnels en Haïti 83
3. L'EXPÉRIENCE DE LA DICTATURE : ENTRE PAROLE DU POUVOIR ET POUVOIR DE LA PAROLE 87

DEUXIÈME PARTIE
ÉGLISE ET MÉDIAS EN HAÏTI : DES ENJEUX AUX PERSPECTIVES 96

Chapitre III
ÉGLISE ET MÉDIAS : DES ANTINOMIES 99
1. Première antinomie : la complexité contre la simplification
.... 100
2. Deuxième antinomie : la culture de la discrétion de l'Église contre l'hypercommunication médiatique ... 104
3. Troisième antinomie : la communauté contre la vedettisation du sujet individuel 108
4. Quatrième antinomie : le consensus contre la polémique
.... 110

Chapitre IV
Les moyens de communication sociale au service de l'activité pastorale de l'Église en Haïti 112
1. Reconnaissance et exigence éthique 113
1.1. Le dialogue de la reconnaissance 115
1.2. L'éthique de la communication médiatique 119

2. Pour une communication au service du dialogue avec le monde et de l'évangélisation 123
2.1. Nouvelle médiatisation 123
Une nouvelle prise en compte des moyens de communication sociale 124
Une nouvelle attitude de l'Église envers les médias 125
2.2. La communication dans l'Église diocésaine 127
A. La place du service de communication dans la curie diocésaine 127
Pour donner champ à la pastorale 127
La pauvreté des moyens 130
B. L'importance du service de communication pour l'Église 134

CONCLUSION GÉNÉRALE 140
ANNEXE 144
MÉDIAS CATHOLIQUES EN HAÏTI SUIVANT L'ORDRE CHRONOLOGIQUE 145
BIBLIOGRAPHIE ET SITOGRAPHIE 149
TABLE DES MATIÈRES 170

Achevé d'imprimé en Allemagne
Septembre 2021